MITOLOGIA NÓRDICA

NEIL GAIMAN

MITOLOGIA NÓRDICA

TRADUÇÃO DE EDMUNDO BARREIROS

intrínseca

Copyright © 2017 by Neil Gaiman
Publicado mediante acordo com W. W. Norton & Company, Inc.

TÍTULO ORIGINAL
Norse Mythology

PREPARAÇÃO
Rayssa Galvão

REVISÃO
Giu Alonso
Milena Vargas

PROJETO GRÁFICO
Chris Welch Design

ADAPTAÇÃO DE PROJETO GRÁFICO E DIAGRAMAÇÃO
Ilustrarte Design e Produção Editorial

ADAPTAÇÃO DE CAPA
Aline Ribeiro
Lázaro Mendes

CIP-BRASIL. CATALOGAÇÃO NA PUBLICAÇÃO
SINDICATO NACIONAL DOS EDITORES DE LIVROS, RJ

G134m

    Gaiman, Neil, 1960-
        Mitologia nórdica / Neil Gaiman ; tradução Edmundo Barreiros.
- [2. ed]. - Rio de Janeiro : Intrínseca, 2024.
    288 p. : il. ; 21 cm.

    Tradução de: Norse mythology
    Glossário
    ISBN 978-85-510-1016-7

    1. Ficção inglesa. 2. Mitologia nórdica. I. Barreiros, Edmundo. II. Título.

24-89096   CDD: 823
                                                         CDU: 82-3(410.1)

Gabriela Faray Ferreira Lopes - Bibliotecária - CRB-7/6643

[2024]

Todos os direitos desta edição reservados à
EDITORA INTRÍNSECA LTDA.
Av. das Américas, 500, bloco 12, sala 303
22640-904 – Barra da Tijuca
Rio de Janeiro – RJ
Tel./Fax: (21) 3206-7400
www.intrinseca.com.br

A EVERETT,

VELHAS HISTÓRIAS

PARA UM JOVEM GAROTO.

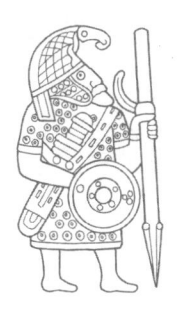

SUMÁRIO

Uma apresentação   9

OS PERSONAGENS   17

ANTES DO PRINCÍPIO, E O QUE VEIO DEPOIS   25

A YGGDRASILL E OS NOVE MUNDOS   35

A CABEÇA DE MÍMIR E O OLHO DE ODIN   41

OS TESOUROS DOS DEUSES   47

O MESTRE CONSTRUTOR   67

OS FILHOS DE LOKI   87

O CASAMENTO INCOMUM DE FREYA   103

O HIDROMEL DA POESIA 121

THOR NA TERRA DOS GIGANTES 149

AS MAÇÃS DA IMORTALIDADE 175

A HISTÓRIA DE GERDA E FREY 195

A PESCARIA DE HYMIR E THOR 207

A MORTE DE BALDER 225

OS ÚLTIMOS DIAS DE LOKI 245

RAGNARÖK: O DESTINO FINAL DOS DEUSES 261

Glossário 277

UMA APRESENTAÇÃO

É tão difícil escolher um universo favorito de lendas e mitos quanto se decidir por um prato preferido (em algumas noites queremos comida tailandesa, em outras, sushi, e às vezes só conseguimos pensar na comida caseira e simples da nossa infância). Mas, se eu tivesse que escolher um, provavelmente seria o dos mitos nórdicos.

Meu primeiro encontro com Asgard e seus habitantes foi ainda menino, quando eu tinha uns sete anos e me deparei com os quadrinhos do *Poderoso Thor*. As aventuras do deus eram retratadas pelo artista americano Jack Kirby, com roteiros de Kirby e Stan Lee e diálogos escritos pelo irmão de Stan, Larry Lieber. O Thor de Kirby era poderoso e boa-pinta; sua Asgard era imponente, uma cidade saída da ficção científica, com prédios grandiosos e edifícios perigosos; seu Odin era sábio e nobre; e seu Loki era uma criatura sardônica usando um elmo com chifres, a malícia personificada. Eu amava aquele Thor louro empunhando seu martelo e queria saber mais sobre ele.

Peguei emprestado um exemplar de *Myths of the Norsemen*, de Roger Lancelyn Green, e o li e reli com prazer e perplexidade: Asgard, naquela narrativa, não era mais uma cidade futurística kirbyana, e sim um salão viking e alguns aglomerados de edifícios espalhados por planícies de gelo. Odin, o Pai de Todos, não era gentil, sábio e irascível; na verdade, era brilhante, misterioso e perigoso. Thor era tão forte quanto o que conheci nos quadrinhos, e possuía um martelo igualmente poderoso, mas não era... Bem, para ser sincero, ele não era um deus conhecido pela esperteza. E Loki não era mau, ainda que com certeza não agisse em prol do bem. Loki era... complicado.

Aprendi que os deuses nórdicos tinham o próprio juízo final: o Ragnarök, o crepúsculo dos deuses, o fim de tudo. O dia em que deuses e gigantes do gelo se enfrentariam e morreriam.

Será que o Ragnarök já aconteceu? Ou ainda vai acontecer?, me perguntava na época. Eu não sabia antes, e hoje ainda não tenho certeza.

Foi o fato de que aquele mundo e aquela história tinham um fim, e o jeito como tudo acabava e recomeçava, que fez dos deuses, dos gigantes do gelo e de todos os seres, heróis e vilões, trágicos. O Ragnarök fez com que o mundo escandinavo persistisse para mim, estranhamente presente e atual, enquanto outros sistemas de crenças — às vezes até mais bem documentados — pareciam parte do passado, antiquados.

A mitologia nórdica nos apresenta os mitos de um lugar gelado, com noites muito, muito longas no inverno e dias

UMA APRESENTAÇÃO

intermináveis no verão; mitos de um povo que não confiava plenamente em seus deuses ou nem sequer gostava deles, ainda que os respeitasse e temesse. Ao que tudo indica, os deuses de Asgard se originaram na região da Alemanha, depois se espalharam pela península escandinava e para os territórios dominados pelos vikings — como as ilhas Órcades e a Escócia, a Irlanda e o norte da Inglaterra —, onde os invasores batizaram acampamentos em homenagem a Thor e Odin e deixaram suas marcas nos dias da semana. Tyr, o filho maneta de Odin, assim como o próprio Odin, junto a Thor e Frigga, a rainha de Asgard, deram origem aos nomes ingleses dos dias da semana, respectivamente: terça-feira (*tuesday*), quarta-feira (*wednesday*), quinta-feira (*thursday*) e sexta-feira (*friday*).

É possível encontrar traços de mitos e religiões ainda mais antigos na guerra e nas histórias sobre a aliança entre os deuses Vanir e Aesir. Ao que parece, os Vanir eram deuses da natureza, irmãos e irmãs, e menos belicosos que os Aesir, mas não menos perigosos.

Também é bem provável — ou pelo menos uma hipótese plausível — que certas tribos cultuassem os Vanir, enquanto outras cultuassem os Aesir, e que os adoradores dos Aesir tenham invadido as terras dos adoradores dos Vanir e feito acordos para se estabelecer ali. Alguns deuses dos Vanir, como os irmãos Freya e Frey, vivem em Asgard entre os Aesir. História, religião e mito se misturam, e ficamos aqui nos indagando, conjecturando e deduzindo, como detetives reconstruindo os detalhes de um crime há muito esquecido.

Há tantas lendas nórdicas que desconhecemos, tanto que ainda não sabemos. Temos acesso apenas a alguns poucos mitos que chegaram até nós através do folclore, na forma de recontos, de poemas, de prosa. Eles foram registrados no papel quando o cristianismo já havia substituído a adoração pelos deuses nórdicos, e algumas dessas histórias só vieram à luz porque havia o medo de que, caso não fossem preservadas, não seria mais possível compreender alguns dos *kennings* — figuras de linguagem poéticas cunhadas a partir de mitos específicos e usadas para se referir a determinados elementos. A expressão "lágrimas de Freya", por exemplo, era uma maneira poética de se referir ao ouro. Em alguns mitos, os deuses nórdicos foram descritos como homens, reis ou heróis de outros tempos, para que seus feitos pudessem ser contados no mundo cristão. Parte das histórias e dos poemas faz referência, direta ou indiretamente, a outros mitos, sagas que simplesmente não existem mais.

É como se as únicas histórias conhecidas de deuses e semideuses da Grécia e da Roma Antiga fossem os feitos de Teseu e Hércules.

Perdemos muita coisa.

Há muitas deusas nórdicas. Sabemos seus nomes e alguns de seus atributos e poderes, mas suas histórias, seus mitos e rituais, não sobreviveram ao tempo. Queria poder recontar as histórias de Eir, a médica dos deuses; de Lofn, a consoladora, a deusa nórdica dos casamentos; ou de Sjofn, uma deusa do amor. Isso sem falar em Vor, a deusa da sabedoria. Até consigo imaginar algumas delas, mas não sou capaz de desvelar seus mitos. Essas narrativas foram perdidas, enterradas, esquecidas.

UMA APRESENTAÇÃO

Eu me empenhei ao máximo para manter os mitos o mais próximos possível do original, e para recontá-los da forma mais interessante que consegui.

Às vezes há detalhes contraditórios, mas espero que com eles eu consiga pintar um quadro de um mundo e uma época. Enquanto recontava esses mitos, tentei me imaginar muito tempo atrás, nas terras onde essas histórias foram contadas pela primeira vez, durante as longas noites de inverno, quem sabe sob o brilho da aurora, ou então sentado ao ar livre durante a madrugada, ainda acordado sob a luz interminável no auge do verão, cercado por pessoas que queriam saber o que mais Thor fez, o que era o arco-íris, como levar a própria vida e de onde vem a poesia ruim.

Quando terminei de escrever estas histórias e as li em sequência, fiquei surpreso ao descobrir que elas pareciam uma jornada, indo do gelo e do fogo que originaram o universo até o fogo e o gelo do fim do mundo. Pelo caminho, encontramos justamente o tipo de gente que encontraríamos se tivéssemos vivido essa jornada, gente como Loki e Thor e Odin, gente que gostaríamos de conhecer melhor (como minha favorita, Angrboda, a esposa de Loki entre os gigantes, que dá à luz seus filhos monstruosos e aparece na forma de fantasma na história em que Balder é assassinado).

Não me atrevi a revisitar as narrativas dos contadores de mitos nórdicos cujo trabalho eu tanto gostei de ler, como Roger Lancelyn Green e Kevin Crossley-Holland. Em vez disso, decidi esmiuçar as diversas traduções da *Edda em Prosa*, de Snorri Sturluson, e ler os versos da *Edda*

Poética, esquadrinhando palavras de mais de novecentos anos atrás a fim de selecionar as histórias que queria recontar e definir como queria contá-las, misturando versões dos mitos em prosa e em poesia (por exemplo, a visita que Thor faz a Hymir, da forma como narro aqui, é um híbrido: o começo é da *Edda Poética*, mas acrescentei detalhes da aventura de pescaria de Thor na versão de Sturluson).

Meu exemplar surrado de *A Dictionary of Northern Mythology*, de Rudolf Simek, traduzido para o inglês por Angela Hall, foi extremamente valioso durante todo o processo, consultado com regularidade, além de revelador e informativo.

Muito obrigado a minha velha amiga Alisa Kwitney por toda a sua assistência editorial. Agradeço por ser sempre uma boa ouvinte, disposta a dar conselhos impecáveis, diretos, francos, úteis, sensatos e inteligentes. Alisa fez com que este livro fosse publicado, principalmente pela sua insistência em ler a próxima história, ajudando-me a encontrar tempo para escrevê-las. Sou incrivelmente grato a ela. E agradeço a Stephanie Monteith, cujos olhos afiados e conhecimento sobre a cultura nórdica encontraram várias incongruências que eu poderia ter deixado passar. Também agradeço a Ammy Cherry, da editora Norton, que sugeriu que eu podia recontar alguns destes mitos durante um almoço no meu aniversário, oito anos atrás, e que foi, considerando tudo, a editora mais paciente do mundo.

Qualquer erro, conclusão precipitada ou opinião estranha neste livro são meus, e apenas meus, e não gostaria que ninguém além de mim fosse responsabilizado. Espero ter contado estas histórias com uma voz honesta, mas admito que houve alegria e criação durante o processo.

Essa é a graça dos mitos. A diversão vem de contá--los você mesmo, algo que o encorajo veementemente a fazer, leitor. Leia as histórias deste livro, depois se aproprie delas e, em uma noite gelada de inverno — ou em uma noite de verão em que parece que o sol não vai se pôr nunca —, conte a seus amigos o que aconteceu quando o martelo de Thor foi roubado, ou como Odin obteve o hidromel da poesia para os deuses...

Neil Gaiman
Lisson Grove, Londres
maio de 2016

OS PERSONAGENS

Muitos deuses e deusas são mencionados na mitologia nórdica. Você vai encontrar vários deles nestas páginas. Contudo, a maioria das histórias que conhecemos trata de dois deuses — Odin e seu filho, Thor — e daquele que foi feito irmão de Odin por um juramento de sangue, Loki, o filho de um gigante que vive em Asgard junto aos Aesir.

Odin

Odin é o mais poderoso e o mais velho dos deuses.

Ele conhece muitos segredos. Abriu mão de um de seus olhos em troca de sabedoria. E foi além: por poder e pelo conhecimento da magia das runas, sacrificou a si mesmo.

Odin se enforcou na Árvore do Mundo, Yggdrasill, e ficou pendurado em um galho por nove noites. Seu torso foi perfurado pela ponta de uma lança — um ferimento gravíssimo. Os ventos agarraram e açoitaram seu corpo dependurado. Ele nada comeu durante os nove dias e as nove noites, e nada bebeu. Ficou ali, sozinho, com dor, a vida se esvaindo pouco a pouco.

Em meio ao frio e à agonia, já à beira da morte, seu sacrifício rendeu um fruto sombrio: no êxtase da dor, Odin olhou para baixo, e as runas lhe foram reveladas. Ele as compreendeu, assimilando seu poder e significado. Então a corda se partiu, e, com um grito, Odin caiu da árvore.

Ele passou a entender a magia. E o mundo passou a lhe pertencer.

Odin tem muitos nomes. É o Pai de Todos, o Senhor dos Mortos, o deus da forca. É o deus das cargas e dos prisioneiros. É chamado de Grímnir e de Terceiro. Recebeu um nome diferente em cada país (pois é cultuado de formas diferentes e em muitas línguas, mas é sempre Odin o objeto de culto).

Ele viaja para todos os cantos sob um disfarce, querendo ver o mundo como as pessoas comuns. Quando caminha entre nós, é na forma de um homem alto usando manto e chapéu.

Odin tem dois corvos, Hugin e Munin, cujos nomes significam "pensamento" e "memória", respectivamente. Esses pássaros voam pelo mundo inteiro, trazendo notícias e levando a Odin todo o conhecimento das coisas. Os corvos pousam em seus ombros e sussurram aos seus ouvidos.

Quando ele se senta em seu grandioso trono em Hlidskjalf, contempla tudo, não importa onde no universo. Nada pode ser ocultado de Odin.

Ele trouxe a guerra para o mundo: as batalhas eram iniciadas com um guerreiro arremessando a lança na direção do exército inimigo, dedicando a batalha e suas mortes a Odin. Os sobreviventes resistiam pela graça de Odin; e os caídos na guerra eram traídos por ele.

Os guerreiros mortos em batalha são levados pelas Valquírias — belas donzelas guerreiras que recolhem as almas dos mortos honrados — para um salão conhecido como Valhala. Lá ele estará esperando pelos caídos, e os mortos beberão, lutarão, batalharão e se banquetearão tendo Odin como líder.

Thor

Thor, filho de Odin, é o forjador de trovões. Ele é bem direto e franco, ao contrário do pai, que é ardiloso; é amigável e carismático, enquanto o pai é sorrateiro.

Thor é grande, tem barba ruiva e é forte, de longe o mais forte dos deuses. Sua força é ampliada pelo seu cinturão, Megingjord: sempre que o usa, a força de Thor dobra.

Sua arma é Mjölnir, um martelo impressionante, forjado por anões especialmente para ele. Essa história você ainda vai conhecer. Trolls, gigantes do gelo e gigantes das montanhas, todos tremem quando avistam Mjölnir, que matou muitos de seus irmãos e amigos. Thor também usa luvas de ferro, que o ajudam a segurar o cabo da arma.

A mãe de Thor era Jörd, a deusa da terra. E seus filhos são Módi, o raivoso, e Magni, o forte. Sua filha é Thrud, a poderosa.

Ele é casado com Sif, dos cabelos dourados. Ela teve um filho, Uller, antes de se casar com Thor, e Thor é seu

padrasto. Uller é um deus que caça com arco e flecha, o deus dos esquis.
Thor é o defensor de Asgard e Midgard.
Há muitas histórias sobre Thor e suas aventuras. Você vai encontrar algumas delas neste livro.

Loki

Loki é muito bonito. Ele é sensato, convincente, simpático e, de longe, o mais perspicaz, sutil e astuto de todos os habitantes de Asgard. É uma pena que haja tamanha escuridão em seu âmago: tanta raiva, tanta inveja, tanta cobiça.

Loki é filho de Laufey, também conhecida como Nál, ou agulha, porque ela era magra, bonita e afiada. Dizem que seu pai era Fárbauti, um gigante cujo nome significa "aquele que dá golpes poderosos", um ser tão perigoso quanto seu nome indica.

Loki viaja pelo céu com sapatos voadores e pode assumir a forma de outras pessoas ou de qualquer animal, mas sua verdadeira arma é a mente. Ele é mais inteligente, sutil e traiçoeiro do que qualquer deus ou gigante. Nem mesmo Odin é tão astuto.

Loki é irmão por jura de sangue de Odin. Os outros deuses não sabem quando ou como Loki chegou a Asgard. Ele é amigo de Thor e também seu pior inimigo. Loki é tolerado pelos deuses, talvez porque seus estratagemas e planos os salvem com a mesma frequência que os metem em apuros.

Loki torna o mundo mais interessante, mas menos seguro. Ele é o Pai de Monstros, o autor de infortúnios, o deus da trapaça.

Loki bebe demais e não consegue conter as palavras, nem os pensamentos, nem as ações quando o faz. Loki e seus filhos têm um papel importante no Ragnarök, o fim de tudo, e não será ao lado dos deuses de Asgard que eles vão lutar.

ANTES DO PRINCÍPIO, E O QUE VEIO DEPOIS

I

Antes do princípio, não havia nada — nem terra, nem paraíso, nem estrelas, nem céu —, existia apenas o mundo feito de névoa, sem forma nem contorno, e o mundo feito de fogo, eternamente em chamas.

Ao norte ficava Niflheim, o mundo escuro. Nele, onze rios venenosos cortavam a névoa, originários do mesmo poço em seu núcleo, o turbilhão barulhento chamado Hvergelmir. Niflheim era mais frio que o próprio frio, com uma névoa cerrada e turva encobrindo tudo. Os céus eram ocultados pelas brumas, e o chão era encoberto pelo nevoeiro gelado.

Ao sul ficava Muspell. Muspell era fogo. Tudo lá ardia e queimava. Muspell era brilhante, e Niflheim, cinzento; tão diferentes quanto lava derretida e gelo. A terra ardia com o calor ruidoso da fornalha de um ferreiro. Não havia terra sólida, não havia céu. Nada além de fagulhas e jatos de calor, rochas derretidas e brasas.

Em Muspell, no limite do fogo, onde a névoa se transforma em luz, onde a terra termina, ficava Surt, que existia antes dos deuses. Ele está lá agora. Surt carrega uma espada flamejante, e, para ele, a lava borbulhante e a névoa congelante são como um.

Sabe-se que no Ragnarök, no fim de tudo, e só então, Surt deixará seu posto. Ele sairá de Muspell com sua espada flamejante e espalhará o fogo pelo mundo, e, um a um, os deuses cairão diante dele.

II

Entre Muspell e Niflheim havia o vazio, um lugar sem forma, uma lacuna de nada. Os rios do mundo feito de névoa escoavam para esse vazio, que era conhecido como Ginnungagap, a "garganta do abismo". Ao longo de um tempo imensurável, os rios venenosos se solidificaram e, pouco a pouco, formaram enormes geleiras na região entre o fogo e a névoa. Ao norte, o vazio era preenchido de névoa congelada e calotas de gelo, mas, ao sul, mais próximo do mundo feito de fogo, as brasas e fagulhas de Muspell encontravam as geleiras, e ventos mornos da terra em chamas deixavam o ar acima do gelo suave e agradável como um dia de primavera.

No lugar onde o gelo e o fogo se encontravam, o gelo começou a derreter, e, nas águas derretidas, a vida floresceu: a criatura tinha a forma de uma pessoa maior do que mundos inteiros, mais alta do que qualquer gigante que já existiu ou existirá. Não era homem nem mulher, mas os dois ao mesmo tempo.

Esse ser era o ancestral dos gigantes. Ele chamava a si mesmo de Ymir.

Ymir não foi a única vida gerada pelo derretimento do gelo: uma vaca sem chifres, muito maior do que nossa mente pode conceber, também surgiu. A vaca lambia os blocos de gelo salgado para se nutrir, e quatro rios de leite fluíam de suas tetas. Era esse leite que alimentava Ymir.

O gigante bebia o leite, e crescia.

Ymir batizou a vaca de Audhumla.

A língua rosa da vaca lambia os blocos de gelo, e deles surgiram pessoas. No primeiro dia, deixou à mostra apenas o cabelo de um homem; no segundo, a cabeça; então, no terceiro, a forma completa foi revelada.

Esse homem era Buri, o ancestral dos deuses.

Ymir dormia, e, em seu sono, deu à luz. Um gigante homem e uma gigante mulher nasceram de debaixo de sua axila esquerda, e um gigante de seis cabeças nasceu de suas pernas. Dos filhos de Ymir descendem todos os gigantes.

Buri escolheu para si uma esposa entre esses gigantes, e eles tiveram um filho, que chamaram de Bor. Bor desposou Bestla, filha de um gigante, e, juntos, tiveram três filhos: Odin, Vili e Ve.

Odin, Vili e Ve, os três filhos de Bor, chegaram à idade adulta. Enquanto cresciam, viam ao longe as chamas de Muspell e a escuridão de Niflheim, mas sabiam que ir a qualquer um desses lugares seria morte certa. Os irmãos estavam presos para sempre em Ginnungagap, o vasto vazio entre o fogo e a névoa. Era como não estar em lugar algum.

Não havia mar nem areia. Não havia grama, pedras, terra, árvores, céus ou estrelas. Naquele tempo não havia mundo, não havia céu e não havia terra. O vazio não ficava em lugar algum: era apenas um espaço sem nada esperando para ser preenchido com vida e existência.

Chegara o momento da criação. Ve, Vili e Odin se entreolharam e discutiram sobre o que deveria ser feito, ali no vazio de Ginnungagap. Falaram sobre o universo, sobre a vida e sobre o futuro.

Odin, Vili e Ve mataram o gigante Ymir. Era necessário. Era a única forma de criar os mundos. Isso foi o princípio de todas as coisas, a morte que tornou toda a vida possível.

Os três apunhalaram o enorme gigante. Sangue irrompeu do cadáver de Ymir em quantidades inimagináveis. Rios de sangue salgado como o mar e cinza como os oceanos jorraram numa torrente tão repentina, tão poderosa e tão profunda que varreu e afogou todos os gigantes. (Apenas dois — Bergelmir, neto de Ymir, e sua esposa — sobreviveram, subindo em um tronco que os carregou como um barco. Todos os gigantes que existem e tememos hoje são descendentes deles.)

A partir da carne de Ymir, Odin e os irmãos moldaram a terra. Seus ossos foram empilhados para formar montanhas e desfiladeiros.

Toda rocha e todo seixo, toda areia e todo cascalho que vemos hoje foram criados a partir dos dentes e dos fragmentos de ossos de Ymir, quebrados e esmagados por Odin, Vili e Ve durante a batalha contra o gigante.

Os mares que rodeiam os mundos são o sangue e o suor de Ymir.

Ao erguer os olhos para o céu, contemplamos o interior do crânio do gigante. As estrelas que vemos à noite, os planetas e todos os cometas e estrelas cadentes são fagulhas que escapam das chamas de Muspell. E as nuvens? Já foram o cérebro de Ymir, e quem pode dizer o que elas estão pensando, mesmo agora?

III

O mundo foi feito no formato de um círculo plano e, ao seu redor, está o oceano. Os gigantes vivem na periferia, próximos aos mares mais profundos.

Para manter os gigantes afastados, Odin, Vili e Ve ergueram um muro a partir dos cílios de Ymir, construindo-o em torno da parte central do mundo. Eles batizaram de Midgard tudo que havia dentro desse muro.

Mas Midgard não era habitada. Tinha belas paisagens, porém ninguém caminhava por suas campinas nem pescava em suas águas cristalinas, ninguém explorava as montanhas rochosas nem contemplava as nuvens no céu.

Os irmãos sabiam que nenhum mundo é mundo até ser habitado. Os três vagaram por todos os lugares, procurando por sinais de vida, mas nada encontraram. Até que, na orla de seixos à beira do oceano, se depararam com dois troncos lançados ali pelas marés.

O primeiro era um tronco de freixo. O freixo é uma árvore bela e flexível, de raízes profundas. A madeira é boa para entalhar e não quebra nem racha. Do freixo, fazem-se bons cabos de ferramenta ou hastes de lança.

O segundo tronco estava bem ao lado do primeiro na praia, tão perto que os dois quase se tocavam, e era um tronco de olmo. O olmo é uma árvore graciosa, mas sua madeira é rígida o bastante para ser transformada em tábuas e vigas resistentes. Com o olmo, é possível construir uma casa ou um salão.

Os deuses pegaram os dois troncos. Colocaram-nos de pé na areia, da altura de uma pessoa. Odin os segurou e, um de cada vez, soprou a vida para dentro deles. Agora não eram mais troncos mortos em uma praia. Estavam vivos.

Vili deu-lhes vontade própria, deu-lhes inteligência e motivação. Então podiam se mover, e desejar.

Ve esculpiu os troncos. Deu a eles a forma humana. Esculpiu suas orelhas, para que então pudessem ouvir; seus olhos, para que então pudessem ver; e seus lábios, para que então pudessem falar.

Os dois troncos na praia agora eram duas pessoas nuas. Ve esculpira um deles com genitais masculinos, então decidira esculpir o outro como uma mulher.

Os três irmãos fizeram roupas para a mulher e para o homem, para que se cobrissem e se mantivessem aquecidos naquele borrifo gelado do mar, naquela praia à beira do mundo.

Finalmente, deram nomes às pessoas que tinham criado: chamaram o homem de Ask, que significava freixo, e a mulher, de Embla, ou olmo.

Ask e Embla foram o pai e a mãe de toda a humanidade: todo ser humano deve sua vida a seus pais, e aos pais deles, e aos pais que vieram antes dos pais deles. Se voltarmos o bastante no passado, descobriremos que deles descendem as famílias de todos nós.

Embla e Ask fizeram de Midgard seu lar, na segurança por trás do muro que os deuses ergueram com os cílios de Ymir. Lá, construíram suas casas, protegidos de gigantes e monstros e de todos os perigos à espreita nas terras selvagens. Em Midgard, os dois puderam criar seus filhos em paz.

É por isso que Odin é chamado de Pai de Todos. Porque ele foi pai dos deuses, e porque soprou a vida nos avós dos avós de nossos avós. Quer sejamos deuses ou mortais: Odin é o pai de todos nós.

A YGGDRASILL E OS NOVE MUNDOS

A Yggdrasill é uma árvore poderosa, a mais bela e perfeita de todas as árvores. É também a mais extensa. Ela cresce entre os nove mundos e os une uns aos outros. É a maior árvore que existe ou já existiu, e também a mais robusta. A copa se eleva acima do céu.

Yggdrasill é tão grande que fincou suas raízes em três mundos, sendo nutrida por três poços.

A primeira raiz, a mais profunda, se estende pelo mundo inferior até Niflheim, o lugar que existia antes de todos os lugares. No centro daquele mundo escuro há uma fonte em eterna ebulição, Hvergelmir, borbulhando com tanta intensidade que soa como uma caldeira fervente. O dragão Nidhogg habita essas águas, e não para de mastigar a raiz sob a superfície.

A segunda raiz se estende pelos domínios dos gigantes do gelo, até o poço de Mímir.

Uma grande águia habita os galhos mais altos da Árvore do Mundo, um ser que sabe muitas coisas. Há também um gavião, que passa os dias empoleirado entre os olhos da águia.

Um esquilo, Ratatosk, vive nos galhos da Árvore do Mundo. Ele leva mensagens e insultos de Nidhogg, o horrendo devorador de cadáveres, para a águia e vice-versa. O esquilo mente para os dois, e nada o deixa mais alegre do que enraivecê-los.

Há quatro cervos pastando nos enormes galhos da Yggdrasill, devorando sua folhagem e seu tronco. Há inúmeras cobras na base da árvore, mordiscando as raízes.

É possível transitar pela Árvore do Mundo. Foi nela que Odin se enforcou, oferecendo a si mesmo como sacrifício, fazendo da Árvore do Mundo uma forca, e tornando a si mesmo o deus da forca.

Os deuses usam a Árvore do Mundo. Eles viajam entre os nove mundos através da Bifrost, a ponte arco-íris. Apenas os deuses conseguem viajar pelo arco-íris, pois a ponte queimaria os pés de qualquer gigante do gelo ou troll que tentasse atravessá-la para chegar a Asgard.

Os nove mundos são:

Asgard, lar dos Aesir. Onde Odin estabeleceu sua morada.
Álfheim, onde vivem os elfos da luz. Criaturas tão belas quanto o sol e as estrelas.
Nídavellir, também conhecido como Svartalfheim, lar dos anões (ou elfos negros). Vivem sob as montanhas, onde erguem criações impressionantes.
Midgard, o mundo de mulheres e homens, o mundo que habitamos.
Jötunheim, onde os gigantes do gelo e os gigantes das montanhas vivem, circulam e constroem seus salões.

Vanaheim, onde vivem os Vanir. Tanto os Aesir quanto os Vanir são deuses. Unidos por tratados de paz, muitos dos Vanir vivem em Asgard com os Aesir.

Niflheim, o mundo escuro feito de névoa.

Muspell, o mundo das chamas, onde Surt aguarda.

E também há um mundo cujo nome vem de sua governante: Hel, para onde vão os mortos que não tiveram uma morte honrada em batalha.

A última raiz da Árvore do Mundo se estende até uma fonte na residência dos deuses Aesir, em Asgard. É ali que, dia após dia, os deuses se reúnem no conselho, e é ali que vão se reunir nos últimos dias do mundo, antes de partirem para a batalha final, o Ragnarök. Essa fonte se chama poço de Urd.

As Nornas — três jovens e sábias irmãs — cuidam desse poço, se certificando de que as raízes da Yggdrasill estejam sempre cobertas de lama e bem cuidadas. O poço pertence à Urd, que é a sorte e o destino. Urd é o nosso passado. Junto dela moram suas irmãs: Verdandi — cujo nome significa "ser" —, a quem pertence o presente; e Skuld — que significa "o que está por vir" —, cujo domínio é o futuro.

As Nornas decidem o que acontece em nossas vidas. Há outras Nornas, não apenas essas três. Nornas gigantes e elfas, Nornas anãs e Vanir, Nornas boas e más; e são elas quem decidem qual será nosso destino. Algumas Nornas dão boas vidas às pessoas, já outras oferecem vidas difíceis, curtas ou tortuosas.

As Nornas moldam nosso destino, ali no poço de Urd.

A CABEÇA DE MÍMIR E O OLHO DE ODIN

Em Jötunheim, lar dos gigantes, fica o poço de Mímir. Suas águas borbulham das profundezas do solo, alimentando Yggdrasill, a Árvore do Mundo. Mímir, o sábio, o guardião da memória, sabe muitas coisas. Seu poço é conhecimento e, quando o mundo era jovem, Mímir bebia dele todas as manhãs, enfiando o chifre Gjallarhorn nas águas e vertendo todo o seu conteúdo.

Há muito, muito tempo, quando os mundos eram jovens, Odin vestiu seu manto comprido e seu chapéu e, disfarçado de andarilho, viajou pela terra dos gigantes, arriscando a vida para chegar ao poço de Mímir e obter conhecimento.

— Tudo que peço, tio Mímir, é beber uma única vez da água de seu poço — pediu Odin.

Mímir balançou a cabeça. Ninguém bebia do poço além dele próprio. O sábio nada respondeu: é raro cometer erros quando se está calado.

— Sou seu sobrinho — argumentou Odin. — Minha mãe, Bestla, era sua irmã.

— Não é o bastante — retrucou Mímir.

— Só um chifre. Se eu beber de seu poço, Mímir, serei sábio. Dê-me seu preço.

— O preço é seu olho. Coloque seu olho no poço.

Odin não perguntou se aquilo era uma brincadeira do tio. A jornada pela terra dos gigantes até o poço de Mímir havia sido longa e perigosa. Odin arriscara a vida para chegar até ali. Estava disposto a fazer mais do que isso pela sabedoria que buscava.

Com um olhar determinado, Odin disse apenas:

— Me dê uma faca.

Depois de cumprir com o que era necessário, ele depositou o olho no poço com todo o cuidado. Seu olho o encarava sob a superfície. Odin encheu Gjallarhorn com a água do poço de Mímir e levou o chifre aos lábios. A água era fria. Ele bebeu tudo. A sabedoria o preencheu. Odin passou a ver mais longe e com mais clareza com seu único olho do que jamais vira com os dois.

Com isso, Odin recebeu outros nomes: chamavam-no de Blindr, o deus cego; de Hoarr, o caolho; e de Baleyg, do olho flamejante.

O olho de Odin permaneceu no poço de Mímir, preservado pelas águas que alimentam as cinzas do mundo, vendo nada, observando tudo.

O tempo passou. Já no fim da guerra entre os Aesir e os Vanir, quando os clãs trocavam guerreiros e chefes entre eles, Odin enviou Mímir aos Vanir como conselheiro para Hoenir, o deus Aesir que seria o novo chefe dos Vanir.

Hoenir era alto e belo, com aparência de rei. Quando Mímir estava em sua presença para aconselhá-lo, Hoenir

A CABEÇA DE MÍMIR E O OLHO DE ODIN

também falava como rei e tomava decisões sábias. Mas, quando Mímir não estava com ele, Hoenir parecia incapaz de tomar qualquer decisão, e os Vanir logo se cansaram. E sua vingança não foi contra Hoenir, mas sim contra Mímir, que teve a cabeça decepada e enviada para Odin.

Odin não ficou com raiva. Ele esfregou a cabeça do tio com algumas ervas, para impedir que apodrecesse, então cantou feitiços e encantamentos, pois não queria que o conhecimento de Mímir se perdesse. Não demorou para Mímir abrir os olhos e falar com ele. O conselho de Mímir foi bom, como sempre.

Odin levou a cabeça de Mímir até o poço sob a Árvore do Mundo e a deixou ali, ao lado do próprio olho, nas águas do conhecimento do futuro e do passado.

Odin entregou o chifre Gjallarhorn para Heimdall, o guardião dos deuses. No dia em que Heimdall soar Gjallarhorn, os deuses despertarão, não importa onde estiverem, não importa quão pesado seja seu sono.

Heimdall soará o Gjallarhorn apenas uma vez, anunciando o fim de todas as coisas, o Ragnarök.

OS TESOUROS
DOS DEUSES

I

A esposa de Thor era a bela Sif, uma Aesir. Thor a amava por ser quem ela era, mas também por seus olhos azuis, sua pele alva, seus lábios vermelhos e seu sorriso, e ele amava seus longos, longuíssimos cabelos, que eram da cor de um campo de cevada no fim do verão.

Thor acordou e encarou Sif, que ainda dormia. Ele coçou a barba. Em seguida, cutucou a esposa com a mão enorme.

— O que aconteceu? — perguntou o deus.

Sif abriu os olhos. Eles eram da cor do céu no verão.

— O que aconteceu com o quê? — perguntou ela, e então mexeu a cabeça.

Sif estava confusa. Ergueu os dedos, intrigada, tocando o couro cabeludo careca e rosado. Depois olhou para Thor, horrorizada.

— Meu cabelo...

Thor assentiu.

— Sumiu — constatou o deus. — Ele deixou você careca.
— Ele? Ele quem? — perguntou Sif.
Thor não respondeu. Atou Megingjord, seu cinturão de poder, que dobrava sua enorme força.
— Loki — explicou. — Isso é obra de Loki.
— Como pode ter tanta certeza? — indagou Sif, passando a mão pela cabeça careca compulsivamente, como se o toque delicado de seus dedos fosse fazer o cabelo voltar a crescer.
— Porque, sempre que alguma coisa estranha acontece, penso logo que é culpa de Loki. Poupa muito tempo — explicou o deus.
A porta dos aposentos de Loki estava trancada, então Thor a botou abaixo, explodindo-a em pedacinhos. Ele ergueu Loki pelo pescoço e perguntou, simplesmente:
— Por quê?
— Por que o quê? — Loki era a face da mais perfeita inocência.
— O cabelo de Sif. O cabelo dourado de minha esposa. Era tão bonito... Por que você o cortou?
Cem expressões diferentes misturaram-se no rosto de Loki — em sua face havia um ar astuto e enganador, truculento e confuso, tudo ao mesmo tempo. Thor o sacudiu com força. Loki olhou para baixo, se esforçando ao máximo para parecer envergonhado.
— Achei que seria engraçado. Eu estava bêbado.
Thor franziu a testa.
— O cabelo era a glória de Sif. Vão pensar que raspei a cabeça dela como castigo. Que ela fez o que não devia com quem não devia.

— Bem, é verdade. É mesmo — respondeu Loki. — É *provável* que pensem isso. E, bem, infelizmente, considerando que arranquei o cabelo pela raiz, ela vai passar o resto da vida completamente careca...

— Ah, não vai, não. — Thor encarou Loki, erguendo-o bem acima da cabeça, com uma carranca trovejante.

— Bem, temo que vá, sim. Mas Sif pode usar chapéus, lenços...

— Ela não vai passar o resto da vida careca — interrompeu Thor. — Porque se você, Loki, filho de Laufey, não fizer o cabelo dela crescer agora mesmo, vou quebrar cada osso do seu corpo. Todos, um por um. E se o cabelo não crescer direito, vou voltar e quebrar todos os seus ossos outra vez. E de novo. Se eu praticar todos os dias, em pouco tempo ficarei muito bom nisso — comentou ele, soando um pouco mais animado.

— Não! — pediu Loki. — Não tenho como devolver o cabelo. Não é assim que funciona.

— Acho que hoje vou levar uma hora para quebrar todos os ossos do seu corpo — refletiu Thor. — Mas aposto que, com prática, consigo reduzir esse tempo para quinze minutos. Vai ser bem interessante descobrir.

E Thor quebrou o primeiro osso.

— *Anões!* — gritou Loki.

— Como?

— Os anões! Eles conseguem fazer qualquer coisa. Vão criar um cabelo dourado para Sif, um cabelo que vá se unir com a cabeça e crescer normalmente, fios dourados perfeitos. Eles podem fazer isso. Juro.

— Então é melhor você se apressar — sugeriu Thor, largando Loki no chão.

Loki se levantou meio sem jeito e saiu correndo antes que Thor pudesse quebrar mais algum osso seu.

Ele calçou os sapatos que lhe permitiam viajar pelos céus e foi para Svartalfheim, onde ficam as oficinas dos anões. Constatou que os mais engenhosos eram três anões conhecidos como os filhos de Ivaldi.

Loki foi até a forja subterrânea dos três anões.

— Saudações, filhos de Ivaldi. Ouvi dizer nas minhas andanças que Brokk e seu irmão Eitri são os melhores artesãos anões deste tempo e de todos os outros — comentou Loki.

— Não é verdade — retrucou um dos filhos de Ivaldi.

— Nós é que somos. Nós somos os maiores artesãos que existem.

— Mas me garantiram que Brokk e Eitri sabem forjar tesouros tão bons quanto os de vocês.

— Mentiras! — exclamou o mais alto dos filhos de Ivaldi. — Eu não confiaria naqueles incompetentes de mãos furadas nem para ferrar um cavalo.

O menor e mais sábio dos filhos de Ivaldi apenas deu de ombros.

— Não importa o que eles fazem, nós conseguimos fazer melhor.

— Soube que eles desafiaram vocês a produzir três tesouros — comentou Loki. — Os deuses Aesir vão julgar quem é o melhor forjador. Ah, por falar nisso, um desses tesouros tem que ser cabelo. Cabelo dourado, do tipo que nunca para de crescer.

— Nós podemos fazer isso — respondeu um dos filhos de Ivaldi.

Até mesmo Loki tinha dificuldade de diferenciá-los.

O deus da trapaça atravessou a montanha para visitar o anão chamado Brokk na oficina que ele compartilhava com o irmão, Eitri.

— Os filhos de Ivaldi estão forjando três tesouros para presentear os deuses de Asgard — anunciou Loki. — Os deuses vão julgar quais são os melhores. E os filhos de Ivaldi me pediram para lhes trazer uma mensagem: os três estão confiantes de que você e seu irmão não conseguem forjar nenhum tesouro tão bom quanto os deles. Chamaram vocês de "incompetentes de mãos furadas".

Brokk não era tolo.

— Isso não está me cheirando bem — disse o anão. — Tem certeza de que não é uma das suas tramoias? Criar um conflito entre os filhos de Ivaldi e nós parece o tipo de coisa que você faria.

Loki fez a expressão mais sincera de que era capaz, que era impressionantemente sincera.

— Isso não tem nada a ver comigo — declarou, em tom inocente. — Só achei que vocês deveriam saber.

— E não vai ganhar nada com essa disputa? — perguntou Brokk.

— Nada mesmo.

Brokk assentiu e olhou para Loki. O irmão de Brokk, Eitri, é que era o grande artesão, mas Brokk era o mais inteligente e o mais determinado.

— Bem, então ficaremos muito felizes em enfrentar os filhos de Ivaldi em um teste de habilidade a ser julgado pelos deuses. Eu não tenho dúvida de que Eitri consegue forjar tesouros melhores e mais complexos do que os filhos de Ivaldi. Mas que tal uma aposta?

— No que você está pensando? — perguntou Loki.

— Quero a sua cabeça em troca dos tesouros — declarou Brokk. — Se ganharmos o desafio, meu irmão e eu ficaremos com ela. Tem muita coisa acontecendo nessa sua cabeça, Loki, e tenho certeza de que Eitri poderia transformá-la em um dispositivo maravilhoso. Uma máquina de pensar, talvez. Ou um tinteiro.

O sorriso de Loki não vacilou, mas ele fechou a cara por dentro. O dia tinha começado tão bem... Ora, seria apenas uma questão de garantir que Eitri e Brokk perdessem o concurso. Os deuses ainda receberiam as seis maravilhas dos anões, e Sif recuperaria seu cabelo dourado. Ele podia fazer isso. Era Loki, afinal.

— É claro — concordou o deus. — Minha cabeça. Sem problema.

Do outro lado da montanha, os filhos de Ivaldi forjavam seus tesouros. Loki não estava preocupado com eles. Mas precisava garantir que Brokk e Eitri não conseguiriam — na verdade, nem poderiam — vencer a disputa.

Brokk e Eitri entraram na forja. O interior estava escuro, iluminado apenas pelo brilho laranja do carvão em brasa. Eitri pegou um pedaço de couro de porco de uma prateleira e jogou na forja.

— Estava guardando esse couro para uma situação como essa — comentou o anão.

Brokk apenas assentiu.

— Muito bem — começou Eitri. — Você fica no fole, Brokk. Não pare de bombear. Preciso que a forja fique bem quente, e preciso que a temperatura seja constante, ou não vai funcionar. Bombeie. Bombeie sem parar.

Brokk começou a bombear o fole, enviando um fluxo de ar rico em oxigênio bem para o coração da forja, aquecendo tudo. Já tinha feito aquilo muitas vezes. Eitri ficou olhando até se dar por satisfeito, convencido de que tudo estaria a seu gosto.

O anão saiu para trabalhar em sua criação do lado de fora da forja. Quando abriu a porta para sair, um inseto grande e preto entrou voando. Não era nem uma mutuca nem uma mosca varejeira, era ainda maior. O inseto entrou voando, circulando a forja com malícia.

Brokk ouvia os martelos de Eitri do lado de fora, ouvia o irmão limando, torcendo, moldando e martelando.

A enorme mosca preta — a maior e mais preta que já se viu — pousou na mão de Brokk.

As mãos do anão estavam no fole. Ele não parou de bombear para espantar o inseto. A mosca deu uma picada dolorida nas costas de sua mão.

Brokk não parou de bombear.

A porta se abriu. Eitri entrou e retirou o trabalho da forja com todo o cuidado. Ao que parecia, era um enorme javali com pelo de ouro reluzente.

— Bom trabalho — elogiou Eitri. — Se estivesse só um grau mais quente ou mais frio, isso tudo teria sido um desperdício de tempo.

— Você também fez um bom trabalho, irmão — comentou Brokk.

A mosca preta, lá no teto da oficina, fervilhava de raiva e ressentimento.

Eitri pegou um bloco de ouro e jogou na forja.

— Muito bem — falou —, este tesouro vai deixar os deuses impressionados. Quando eu disser, comece a bombear o fole. Então, aconteça o que acontecer, não reduza o ritmo, não acelere nem pare. É um trabalho delicado.

— Pode deixar — respondeu Brokk.

Eitri saiu da sala e começou a trabalhar. Brokk esperou até ouvir o comando do irmão, e então começou a bombear o fole.

A mosca negra voou pelo aposento, pensativa, então pousou no pescoço de Brokk. O inseto desviou-se com delicadeza de um filete de suor; o ar estava quente e abafado na forja. Então picou o pescoço de Brokk com toda a força. Sangue escarlate escorreu junto ao suor no pescoço do anão, mas ele não parou de bombear.

Eitri voltou. Tirou da forja um bracelete em brasa, branco de tão quente. Jogou-o no poço de resfriamento feito de pedra. Uma nuvem de vapor se elevou quando o bracelete afundou na água. Ele foi esfriando, passando depressa para laranja, depois para vermelho em brasa e, por fim, para dourado.

— Vou chamá-lo de Draupnir — anunciou Eitri.

— Gotejante? Que nome engraçado para um bracelete — comentou Brokk.

— Não no caso deste — retrucou seu irmão, e explicou a Brokk o que havia de tão especial naquela criação.

— Agora — começou Eitri —, tem uma coisa que venho pensando em fazer faz muito tempo. Minha obra-

-prima. Mas vai ser ainda mais complicado que os outros tesouros. Então, o que você precisa fazer é...

— Bombear sem parar? — sugeriu Brokk.

— Isso mesmo. Ainda mais que antes. Não altere o ritmo, ou o trabalho todo será arruinado.

Eitri pegou um lingote de ferro-gusa maior que qualquer lingote que a mosca negra (que na verdade era Loki) tinha visto e o carregou até a forja.

Eitri saiu e, aos gritos, ordenou que o irmão começasse a bombear.

Brokk bombeou, e os martelos de Eitri soaram conforme o anão puxava, moldava, soldava e unia.

Loki, em sua forma de mosca, decidiu que não havia mais tempo para sutilezas. A obra-prima de Eitri impressionaria os deuses de Asgard, e ele perderia a cabeça se eles ficassem impressionados o suficiente. Loki pousou entre os olhos de Brokk e começou a picar suas pálpebras. O anão continuou bombeando, os olhos ardendo. Loki picou mais fundo, com mais força, cada vez mais desesperado. Sangue corria das pálpebras do anão, entrando nos olhos, escorrendo pelo rosto, deixando-o cego.

Brokk apertou os olhos e balançou a cabeça, tentando se livrar da mosca. Virou a cabeça de um lado para outro. Contorceu a boca, tentando soprar a mosca para longe. Não adiantou. A mosca continuava picando, e o anão só conseguia ver sangue. Uma dor lancinante tomava sua cabeça.

Brokk se preparou e, no fim do movimento, rapidamente retirou uma das mãos dos foles e tentou acertar a mosca. Foi um golpe tão rápido e tão forte que Loki mal escapou com vida. O anão pegou outra vez o fole e continuou bombeando.

— Chega! — exclamou Eitri.

A mosca negra voou pelo aposento, trôpega. Eitri abriu a porta, o que permitiu que o inseto escapasse.

O anão olhou para o irmão, desapontado. O rosto de Brokk estava coberto de suor e sangue.

— Não sei o que estava acontecendo naquela hora — comentou Eitri. — Mas quase estragou tudo. No fim, a temperatura ia e vinha. Por isso não ficou nem de perto tão impressionante quanto eu esperava. Teremos que esperar para ver.

Loki, na forma de Loki, entrou pela porta aberta.

— Então, tudo pronto para o desafio? — perguntou.

— Brokk vai a Asgard apresentar meus tesouros aos deuses e cortar sua cabeça — respondeu Eitri. — Prefiro ficar aqui na forja, trabalhando.

Brokk encarou Loki por trás das pálpebras inchadas.

— Mal posso esperar para cortar sua cabeça — disse o anão. — Agora é pessoal.

II

Em Asgard, três deuses estavam sentados em seus tronos: Odin, o caolho, o Pai de Todos; Thor, dos trovões, com sua barba ruiva; e o belo Frey, da colheita do verão. Eles seriam os juízes.

Loki estava de pé diante deles, ao lado dos três filhos de Ivaldi, que eram praticamente idênticos.

Brokk, o anão taciturno de barba negra, estava sozinho, um pouco afastado, carregando as coisas que trouxera escondidas sob panos.

— Muito bem — disse Odin. — O que estamos julgando aqui?

— Tesouros — explicou Loki. — Os filhos de Ivaldi forjaram presentes para você, grande Odin, e para Thor e Frey, e Eitri e Brokk também forjaram presentes. Cabe a vocês decidir qual é o melhor dos seis tesouros. Eu mesmo apresentarei os tesouros forjados pelos filhos de Ivaldi.

Loki presenteou Odin com a lança chamada Gungnir, cuja haste era entalhada com belas runas intricadas.

— A lança pode penetrar qualquer coisa, e, quando jogada, sempre acerta o alvo — explicou Loki. Odin tinha apenas um olho, afinal, e sua pontaria nem sempre era perfeita. — Além disso, há outro aspecto igualmente importante: todo juramento feito sobre esta lança é inquebrável.

Odin ergueu a lança e disse apenas:

— Parece muito boa.

— E aqui... — continuou Loki, orgulhoso — está uma peruca de fios dourados. É feita de ouro de verdade. Vai se grudar à cabeça de quem usá-la, e vai crescer e se comportar como cabelo de verdade em todos os aspectos. Cem mil fios de ouro.

— Vamos testá-la — anunciou Thor. — Sif, venha aqui.

Sif se levantou e caminhou até os tronos, a cabeça coberta. Ela removeu o lenço. Os deuses levaram um susto quando viram o couro cabeludo careca, nu e rosado. A deusa pôs a peruca dourada dos anões com cuidado na cabeça e balançou o cabelo. Todos observaram enquanto a base da peruca se unia ao couro cabeludo, e então Sif se postou à frente dos deuses, mais bela e radiante do que nunca.

— Impressionante — comentou Thor. — Um ótimo trabalho!

Sif balançou o cabelo dourado e saiu do salão, banhando-se na luz do sol, querendo exibir o novo cabelo às amigas.

O último dos presentes impressionantes forjados pelos filhos de Ivaldi era pequeno, e dobrado como tecido. Loki pegou o tecido e o pôs diante de Frey.

— O que é isso? Parece um lenço de seda — comentou Frey, não achando aquilo nem um pouco impressionante.

— É verdade — concordou Loki. — Mas, se desdobrá-lo, verá que na verdade é um navio. Seu nome é *Skiðblaðnir*. Sempre terá bons ventos, não importa aonde for, e, mesmo sendo enorme, o maior barco que se possa imaginar, ele se dobra como um lenço e pode ser guardado no bolso.

Frey estava impressionado, e Loki ficou aliviado. Eram três presentes excelentes.

Era a vez de Brokk. Suas pálpebras estavam vermelhas e inchadas, e havia a marca de uma grande picada de inseto em seu pescoço. Loki achou que Brokk parecia confiante demais, ainda mais considerando os presentes impressionantes que os filhos de Ivaldi tinham forjado.

Brokk pegou o bracelete de ouro e o colocou diante de Odin, em seu grande trono.

— Este bracelete se chama Draupnir — explicou o anão. — Porque, a cada nove noites, oito braceletes de mesma beleza cairão dele como gotas. Podem ser usados para recompensar alguém, ou guardados para aumentar sua riqueza.

Odin examinou o bracelete, em seguida o enfiou no braço e empurrou até o bíceps. A joia reluzia.

— Parece muito bom — comentou.

Loki lembrou que Odin dissera o mesmo a respeito da lança.

Brokk agora se dirigiu a Frey. Ergueu o pano, revelando um enorme javali com pelos dourados.

— Este é um javali que meu irmão fez para você, Lorde Frey, para puxar sua carruagem — explicou Brokk. — Ele consegue correr pelo céu e sobre o mar mais rápido que o cavalo mais veloz. Seu pelo dourado iluminará até a noite mais escura, permitindo que você veja o caminho. Ele nunca se cansa, nem nunca falhará. Seu nome é Gullinbursti, o dos pelos de ouro.

Frey pareceu impressionado. Ainda assim, pensou Loki, o navio mágico que se dobrava como um lenço era tão impressionante quanto um javali que nunca se cansava e brilhava no escuro. Sua cabeça estava bem segura sobre os ombros. E o último presente que Brokk apresentaria era aquele que Loki sabia que havia conseguido sabotar.

De debaixo do pano, Brokk tirou um martelo, colocando-o diante de Thor.

Thor olhou para o martelo e resmungou:

— O cabo é muito curto.

Brokk assentiu.

— É mesmo. Foi culpa minha. Eu estava trabalhando no fole. Mas, antes de dispensá-lo, ouça o que tenho a dizer sobre o que torna este martelo especial. Seu nome é Mjölnir, o forjador de raios. Sua principal característica é ser inquebrável. Não importa a força com que você, lorde Thor, o bata em qualquer coisa, o martelo sempre sairá ileso.

Thor pareceu interessado. Já quebrara muitas armas ao longo dos anos, em geral quando acertava coisas com elas.

— Quando arremessado, o martelo nunca erra o alvo.

O deus do trovão pareceu ainda mais interessado. Tinha perdido muitas armas excelentes atirando-as em coisas que o irritavam e errando, e vira muitas outras que arremessara desaparecerem ao longe, para nunca mais serem vistas.

— Não importa quão forte ou quão longe o martelo seja jogado: ele sempre voltará para as suas mãos.

Thor abriu um sorriso. E o deus do trovão não sorria com frequência.

— É possível alterar o tamanho do martelo. Ele cresce e encolhe, e fica tão pequeno que, se quiser, dá para escondê-lo na roupa.

Thor bateu palmas, satisfeito, e um trovão ecoou por Asgard.

— Apesar disso, como já notou, o cabo é curto demais — concluiu Brokk, tristonho. — Isso é culpa minha. Não consegui manter o fole soprando enquanto meu irmão, Eitri, o forjava.

— O tamanho do cabo é um detalhe, um defeito estético — retrucou Thor. — Este martelo vai nos proteger dos gigantes do gelo. É o melhor presente que já vi.

— O martelo vai proteger Asgard. Vai proteger a todos nós — concordou Odin, satisfeito.

— Se eu fosse um gigante, ficaria com muito medo de Thor usando esse martelo — acrescentou Frey.

— Sim, é um martelo excelente. Mas, Thor, e o cabelo? A bela cabeleira nova de Sif? — perguntou Loki, mostrando sinais de desespero.

— O quê? Ah, sim. O cabelo de minha esposa é muito bonito — concordou Thor. — Brokk, mostre-me como fazer o martelo aumentar e encolher.

— O martelo de Thor é ainda melhor que minha maravilhosa lança e meu excelente bracelete — comentou Odin, assentindo.

— O martelo é melhor e mais impressionante do que meu navio e meu javali — admitiu Frey. — Vai manter os deuses de Asgard em segurança.

Os deuses deram tapinhas nas costas de Brokk e lhe disseram que ele e Eitri tinham forjado o melhor presente que eles já haviam recebido.

— Bom saber — respondeu Brokk, agora se dirigindo a Loki. — Então posso cortar sua cabeça, filho de Laufey, e levá-la comigo. Eitri vai ficar muito feliz. Podemos transformá-la em alguma coisa útil.

— Eu... pago para ter minha cabeça de volta — ofereceu Loki. — Tenho tesouros que posso oferecer em troca.

— Meu irmão e eu já temos todos os tesouros de que precisamos — retrucou Brokk. — Nós *forjamos* tesouros. Não, Loki, eu quero a sua cabeça.

Loki pensou por um momento, então disse:

— Pode ficar com ela, se conseguir me alcançar! — Ele saltou para o ar e saiu correndo, passando por cima de todos. Em instantes, tinha desaparecido.

Brokk olhou para Thor.

— Pode pegá-lo?

O deus deu de ombros.

— De certo, eu não deveria. Mas a verdade é que eu adoraria testar este martelo.

Em instantes, Thor voltou segurando o deus da trapaça com força. Loki o encarava impotente e furioso.

Brokk sacou a faca.

— Venha cá, Loki — chamou. — Vou cortar sua cabeça.

— É claro — concordou Loki. — Você pode cortar minha cabeça, lógico. Mas vou apelar para o poderoso Odin, dizendo o seguinte: se você cortar qualquer parte do meu pescoço, estará violando os termos do acordo, que prometia minha cabeça a você, e apenas a cabeça.

Odin inclinou a cabeça.

— Loki tem razão — admitiu. — Você não tem o direito de cortar o pescoço dele.

Brokk ficou irritado.

— Mas não posso arrancar a cabeça sem cortar o pescoço — alegou.

Loki parecia muito satisfeito.

— Veja bem... Se as pessoas refletissem mais sobre a exatidão de suas palavras, não ousariam enfrentar Loki, o mais sábio, mais esperto, mais trapaceiro, mais inteligente, mais bonito...

Brokk sussurrou uma sugestão para Odin.

— Isso seria justo — concordou o Pai de Todos.

O anão pegou uma tira de couro e uma faca. Ele envolveu o couro em torno da boca de Loki. Então tentou perfurar o couro com a ponta da faca.

— Não está funcionando — reclamou o anão. — Minha faca não corta sua pele.

— Quem sabe eu tenha sabiamente arranjado uma proteção contra lâminas de faca — sugeriu Loki, com certa modéstia. — Só para o caso de esse truque do "ah, você não pode cortar o meu pescoço" não funcionar. Infelizmente nenhuma faca pode me cortar!

Brokk grunhiu e pegou uma sovela, uma ferramenta pontuda usada para fazer peças de couro, então a enfiou pela tira de couro, abrindo furos nos lábios de Loki. Depois pegou um fio grosso e costurou a boca do deus.

Brokk foi embora, deixando Loki com a boca costurada bem firme, sem poder reclamar.

Para Loki, a dor de não poder falar era mais agoniante do que a dor de ter os lábios costurados no couro.

E agora você sabe: foi assim que os deuses ganharam seus maiores tesouros. Foi por causa de Loki. Até o martelo de Thor foi culpa de Loki. Com ele, era assim: havia ressentimento até mesmo junto à maior gratidão, e havia gratidão mesmo no momento em que ele era mais odiado.

O MESTRE CONSTRUTOR

Thor tinha ido para o leste lutar contra os trolls. Asgard era mais pacífica sem sua presença, mas ficava desprotegida. Isso foi nos primórdios, logo depois do tratado de paz entre os Aesir e os Vanir, quando os deuses ainda estavam criando seu lar e Asgard tinha poucas defesas.

— Não podemos depender de Thor o tempo todo — constatou Odin. — Precisamos de proteção. Os gigantes virão nos atacar. Os trolls virão.

— O que você propõe? — perguntou Heimdall, o guardião da Bifrost, a ponte arco-íris.

— Um muro. Alto o bastante para que nenhum gigante do gelo consiga escalá-lo. E espesso o bastante para que nem o troll mais forte consiga derrubá-lo.

— Construir um muro desses, tão alto e espesso, vai levar muitos anos — alegou Loki.

Odin assentiu.

— Mesmo assim precisamos de um muro.

No dia seguinte, um desconhecido chegou a Asgard. Era um homem grande, com trajes de ferreiro, e atrás dele vinha um cavalo arisco, um garanhão enorme e cinzento com um lombo largo.

— Soube que vocês precisam construir um muro — comentou o estranho.

— Prossiga — disse Odin.

— Posso construir esse muro — anunciou o estranho.

— Um muro tão alto que nem o gigante mais alto consiga escalá-lo, e tão largo que nem o troll mais forte consiga derrubá-lo. Meu trabalho será tão primoroso, empilhando pedra sobre pedra, que nem uma formiga vai se esgueirar através dele. Construirei um muro que resistirá durante mil milhares de anos.

— Um muro desses vai levar muito tempo para ser construído — comentou Loki.

— Muito pelo contrário — retrucou o estranho. — Consigo terminá-lo em apenas três estações. Amanhã é o primeiro dia do inverno. Eu só levaria um inverno, um verão e mais outro inverno para construir.

— E se você se dispusesse a fazer isso, o que desejaria como recompensa? — indagou Odin.

— Peço pouco, um pagamento justo pelo serviço que estou oferecendo. Apenas três coisas. Primeiro, gostaria da mão da bela deusa Freya em casamento.

— Isso não é pouco — retrucou Odin, o Pai de Todos.

— E não vou me surpreender se Freya tiver a própria opinião a respeito dessa proposta. Quais são os outros dois pedidos?

O estranho abriu um sorriso arrogante.

— Se eu construir seu muro, quero a mão de Freya. E também quero o sol que brilha no céu durante o dia e a lua que nos dá luz à noite. Essas são as três coisas que os deuses me darão se eu construir o muro.

Os deuses olharam para Freya. Ela nada disse, mas comprimiu os lábios, e seu rosto ficou lívido de raiva. Em seu pescoço estava o colar Brisingamen, que brilhava feito as luzes da aurora boreal, e seu cabelo havia sido entrelaçado com ouro, que era quase tão brilhante quanto os fios.

— Espere lá fora — disse Odin para o estranho, por fim.

O homem saiu, mas não sem antes perguntar onde encontraria comida e água para seu garanhão, Svadilfari, que significa "o que tem uma jornada de infortúnios".

Odin esfregou a testa. Então se virou para todos os outros deuses e perguntou:

— O que acham?

Os deuses começaram a falar.

— Silêncio! — bradou Odin. — Um de cada vez!

Cada um dos deuses e deusas tinha sua opinião, e todos concordavam: Freya, o Sol e a Lua eram importantes e valiosos demais para serem cedidos a um estranho, mesmo que ele pudesse erguer o muro de que precisavam em apenas três estações.

Freya achava que o homem devia ser surrado pela impertinência e expulso de Asgard, para seguir com seu caminho.

— Então está decidido — anunciou Odin. — Nossa resposta é não.

Alguém pigarreou no canto do salão. Era o tipo de pigarro usado para chamar a atenção, e os deuses se viraram para ver quem se manifestara. Viram Loki, que os encarava de volta, sorrindo com um dedo erguido, como se tivesse algo importante a anunciar.

— Preciso salientar que vocês estão ignorando um ponto importantíssimo.

— Acho que não negligenciamos ponto algum, encrenqueiro dos deuses — retrucou Freya, com sarcasmo.

— O que vocês estão ignorando é que o que esse estranho está se propondo a fazer sem dúvida é impossível. Não há vivalma que possa construir uma muralha tão alta e tão grossa como a que ele descreveu em apenas dezoito meses. Gigante ou deus nenhum poderia completar esse feito, muito menos um mortal. Eu apostaria minha própria pele.

Todos os deuses assentiram, concordando com o comentário de Loki, resmungando e parecendo impressionados. Todos, menos Freya; ela parecia com raiva.

— Vocês são tolos — declarou a deusa. — Principalmente você, Loki, porque se acha esperto.

— O que ele alega poder fazer é impossível — retrucou Loki. — Então sugiro o seguinte: concordamos com as exigências e o preço, mas estabelecemos condições muito rígidas. Dizemos que ele não pode ter ajuda na construção e que, em vez de três estações para finalizar o muro, terá apenas uma. Se no primeiro dia de verão qualquer parte do muro estiver inacabada, e é óbvio que vai estar, então não pagaremos nada.

— E por que ele concordaria com nossas condições? — perguntou Heimdall.

— E o que nós ganharíamos com isso, se no fim vamos continuar sem muro? — perguntou Frey, irmão de Freya.

Loki tentou conter a impaciência. *Será que todos os deuses são tolos?*, perguntou-se. Então começou a explicar, como se todos no salão fossem criancinhas.

— O ferreiro vai começar a erguer o muro. Mas não vai terminar. Ele vai trabalhar por seis meses, sem receber nada, em uma tarefa impossível. Ao fim dos seis meses, vamos mandá-lo embora, talvez até mesmo surrá-lo, pela presunção. Mas aí poderemos usar o que ele já tiver construído como fundação e completar o muro nos próximos anos. Não há risco de perdermos Freya, muito menos o Sol e a Lua.

— E por que ele concordaria em construir tudo em uma única estação? — perguntou Tyr, o deus da guerra.

— Ele pode até não concordar — argumentou Loki —, mas parece ser um sujeito arrogante e seguro de si, do tipo que não recusa um bom desafio.

Todos os deuses resmungaram, deram tapinhas nas costas de Loki e disseram que ele era muito astuto, e como era bom um sujeito tão astuto estar do lado deles, pois conseguiriam negociar para que as fundações do muro fossem construídas a troco de nada. Os deuses se parabenizaram pela sua inteligência e habilidade de barganha.

Freya nada disse. Ela remexia no colar de luz, Brisingamen. Era o mesmo colar que Loki roubara assumindo a forma de uma foca enquanto ela tomava banho — e Heimdall também assumira forma de foca para lutar contra Loki e obrigá-lo a devolvê-lo. Freya não confiava em Loki. E não gostou nada de como aquela conversa tinha terminado.

Os deuses chamaram o construtor de volta ao salão.

Ele olhou para os deuses a sua volta. Todos pareciam de bom humor, rindo, se cutucando e sorrindo. Freya, entretanto, estava séria.

— E então? — perguntou o construtor.

— Você pediu três estações — disse Loki. — Mas vamos lhe conceder uma estação, e apenas uma. Amanhã é o primeiro dia de inverno. Se você não tiver terminado o muro no primeiro dia de verão, vai embora daqui sem nenhum pagamento. Mas, se tiver terminado de construir um muro tão alto, espesso e inexpugnável quanto concordamos, vai receber tudo que pediu: a Lua, o Sol e a mão da bela Freya. Porém, você não pode ter ajuda de ninguém na construção do muro: deve fazê-lo sozinho.

O estranho passou alguns segundos em silêncio. Com uma expressão contemplativa, ele avaliava as palavras e condições de Loki. Por fim, olhou para os deuses e deu de ombros.

— Vocês disseram que não posso ter ajuda. Mas eu gostaria que meu cavalo, Svadilfari, me ajudasse a trazer para cá as pedras que vou usar para erguer o muro. Acredito que não seja um pedido absurdo.

— Não é — concordou Odin, e os outros deuses assentiram e comentaram uns com os outros como cavalos eram bons para transportar pedras pesadas.

Juramentos foram feitos, e do tipo mais poderoso que existe, no qual nenhum dos lados pode trair o outro. Juraram sobre suas armas; juraram sobre Draupnir, o bracelete de ouro de Odin; e juraram sobre Gungnir, a lança de Odin. E um juramento feito sobre Gungnir era inquebrável.

Na manhã seguinte, ao amanhecer, os deuses pararam para ver o homem trabalhar. O sujeito cuspiu nas mãos e começou a cavar o fosso onde colocaria as primeiras pedras.

— Ele cava fundo — comentou Heimdall.

— E cava rápido — constatou Frey, irmão de Freya.

— Bem, é verdade que ele é um excelente escavador de fossos e valas — concordou Loki, mal-humorado. — Mas imaginem quantas pedras ele terá que trazer até aqui, lá das montanhas. Cavar um fosso é uma coisa. Transportar pedras por vários quilômetros sem ajuda e empilhá-las uma sobre a outra de um jeito tão bem encaixado que nem uma formiga consiga passar entre elas, em uma construção tão alta que nem o mais alto dos gigantes consiga passar, é outra bem diferente.

Freya olhou enojada para Loki, mas nada disse.

Quando o sol se pôs, o construtor montou em seu cavalo e partiu para as montanhas a fim de recolher as primeiras pedras. O cavalo levava um trenó de carga vazio atrás de si, que ia arrastando na terra macia. Os deuses os observaram partir. A lua estava alta e pálida no céu do primeiro dia de inverno.

— Ele vai voltar daqui a uma semana — previu Loki.

— Quero ver quantas pedras seu cavalo pode carregar. Parece ser um animal forte.

Os deuses foram para o salão de banquetes, onde houve muita alegria e risos, mas Freya não ria.

Nevou antes do amanhecer, flocos de neve frágeis, um prenúncio da nevasca intensa do inverno que tinham pela frente.

Heimdall, que via tudo que se aproximava de Asgard, sem nada deixar passar, despertou os deuses ainda no escuro. Todos se reuniram diante da vala que o estranho cavara no dia anterior. Sob a luz que surgia pouco a pouco, os deuses viram o construtor ao lado de seu cavalo, ambos caminhando na direção de Asgard.

O cavalo arrastava uma pilha de blocos de granito tão pesados que criavam sulcos profundos na terra negra.

Quando o construtor viu os deuses, acenou alegremente e lhes desejou um ótimo dia. Ele apontou para o sol nascente e deu uma piscadela. Então desatrelou o cavalo do trenó e o deixou pastar enquanto carregava o primeiro bloco de granito para a vala destinada a abrigá-lo.

— O cavalo é mesmo forte — constatou Balder, o mais belo de todos os Aesir. — Nenhum cavalo normal conseguiria arrastar rochas tão pesadas.

— É mais forte do que pensávamos — concordou Kvásir, o Sábio.

— Ah! — retrucou Loki. — Não vai demorar para o cavalo se cansar. Esse foi só o primeiro dia de trabalho. O animal não vai conseguir arrastar tantas pedras todas as noites. E o inverno está chegando. A neve vai se acumular e ficará espessa, haverá nevascas cegantes, e o caminho para as montanhas ficará mais difícil. Não há nada com que se preocupar. Tudo está seguindo de acordo com o plano.

— Odeio muito você — declarou Freya, de cara fechada ao lado de Loki.

A deusa voltou caminhando para Asgard sob a luz do amanhecer, pois não queria ficar para ver o estranho construir as fundações do muro.

Toda noite, construtor e cavalo partiam para as montanhas levando o trenó. Toda manhã, eles retornavam com o cavalo arrastando mais vinte blocos de granito, cada bloco maior que o homem mais alto.

A cada dia o muro crescia, e a cada anoitecer parecia maior e mais imponente do que antes.

Odin convocou os deuses.

— O muro está subindo rápido — anunciou. — E fizemos um juramento inquebrável, um juramento sobre o bracelete e um juramento sobre a lança. Juramos que, se ele terminar de construir o muro a tempo, vamos dar a ele o Sol, a Lua e a mão da bela Freya em casamento.

— Homem nenhum pode fazer o que esse mestre construtor está fazendo — disse Kvásir, o Sábio. — Desconfio que ele não seja um homem.

— Um gigante, quem sabe — sugeriu Odin.

— Se ao menos Thor estivesse aqui — comentou Balder, com um suspiro.

— Thor está martelando trolls no leste — retrucou o Pai de Todos. — E, mesmo que estivesse prestes a retornar, os juramentos são poderosos e nos deixam de mãos atadas.

Loki tentou tranquilizá-los.

— Estamos agindo como velhas, nos preocupando à toa. O construtor não tem como terminar o muro antes do primeiro dia de verão, mesmo que seja o gigante mais poderoso que já existiu. É impossível.

— Queria que Thor estivesse aqui conosco — comentou Heimdall. — Ele saberia o que fazer.

A neve caiu, mas nem mesmo a neve espessa deteve o construtor ou reduziu a velocidade do cavalo, Svadilfari. O garanhão cinza puxava o trenó com enormes pilhas de pedra, atravessando montes de neve e nevascas, subindo e descendo colinas íngremes, adentrando desfiladeiros congelados.

Os dias foram ficando mais longos.

O amanhecer chegava mais cedo a cada manhã. A neve começou a derreter, e a lama que sobrava era grossa e pesada, o tipo de lama na qual as botas afundavam.

— De jeito nenhum o cavalo vai conseguir arrastar essas pedras pela lama — constatou Loki. — O trenó vai afundar, e o bicho vai perder o equilíbrio.

Mas Svadilfari era implacável, com passos firmes mesmo na lama mais grossa e úmida, e levou as pedras para Asgard, apesar de o trenó de carga estar tão pesado que abria sulcos profundos nas encostas dos morros. Agora o construtor erguia as pedras por dezenas de metros para assentá-las, bloco a bloco, em seu lugar.

A lama secou, e as flores da primavera brotaram, uma profusão de tussilagens amarelas e anêmonas brancas despontando, e o muro ao redor de Asgard aos poucos se tornava uma coisa gloriosa, impossível. Quando estivesse terminado, seria inexpugnável: nenhum gigante ou troll, anão ou mortal, seria capaz de transpor sua proteção. E o estranho continuava trabalhando com o bom humor de sempre. Não parecia se importar se chovia ou nevava, nem seu cavalo. A cada manhã, os dois traziam pedras das montanhas, e a cada dia o construtor assentava os blocos de granito em camadas cada vez mais altas.

Era o último dia de inverno, e o muro estava praticamente pronto.

Os deuses sentaram em seus tronos, em Asgard, e conversaram.

— O Sol — constatou Balder. — Nós abrimos mão do Sol.

— Nós pusemos a Lua no céu para marcar os dias e as semanas do ano — comentou Bragi, o deus da poesia, melancólico. — Agora não haverá mais Lua.

— E Freya, o que será de nós sem Freya? — perguntou Tyr.

— Se o construtor for mesmo um gigante — disse Freya, com gelo na voz —, eu me casarei com ele e irei para Jötunheim. Será muito interessante descobrir quem odeio mais: se ele, que me levou embora, ou se todos vocês, que prometeram minha mão em casamento.

— Ora, não fique assim... — começou Loki, mas Freya o interrompeu:

— Se esse gigante me levar junto com o Sol e a Lua, só tenho um pedido aos deuses de Asgard.

— Peça o que quiser — disse Odin, o Pai de Todos, que não se pronunciara até então.

— Gostaria que o responsável por esta calamidade fosse morto antes da minha partida — anunciou Freya. — É apenas justo. Se eu tiver que ir para a terra dos gigantes do gelo, se a Lua e o Sol forem tirados de nós, e o mundo for mergulhado em escuridão eterna, então a vida daquele que nos levou a isso deve ter um fim.

— Ah... — interveio Loki. — Mas apontar culpados é difícil em uma situação como esta. Quem consegue lembrar exatamente quem sugeriu o quê? Se não me falha a memória, todos os deuses compartilham igualmente a culpa por este erro desafortunado. Todos nós sugerimos, todos nós concordamos...

— *Você* sugeriu — disse Freya. — *Você* convenceu esses tolos a isso. E quero vê-lo morto antes de deixar Asgard.

— Mas todos nós... — começou Loki, então notou a expressão nos rostos de todos os deuses no salão e ficou em silêncio.

— Loki, filho de Laufey — anunciou Odin. — Isto é resultado de seu péssimo conselho.

— Que foi tão ruim quanto todos os outros conselhos — acrescentou Balder.

Loki lhe lançou um olhar ressentido.

— Precisamos que o construtor perca a aposta — constatou Odin. — E sem violar o juramento. Ele deve fracassar.

— Não sei o que você espera que eu faça a esse respeito — retrucou o deus da trapaça.

— Não espero nada de você, Loki — declarou Odin. — Mas se o construtor for bem-sucedido e terminar o muro até o fim do dia de amanhã, sua morte será lenta e dolorosa, além de indigna e vergonhosa.

Loki olhava de um deus para outro, vendo em cada um dos rostos a própria morte, vendo raiva e ressentimento. Não via piedade ou perdão.

Seria mesmo uma morte indigna. Mas quais eram as alternativas? O que ele podia fazer? Não ousava atacar o construtor. Por outro lado...

Loki assentiu.

— Vou dar um jeito nisso.

Ele deixou o salão, e nenhum dos deuses tentou impedi-lo.

O construtor terminou de pôr a última leva de pedras no muro. No dia seguinte, o primeiro dia do verão, quando o sol estivesse se pondo, ele terminaria o muro e deixaria Asgard com seus prêmios. Restavam apenas vinte blocos de granito. Ele desceu pelos rústicos andaimes de madeira e assoviou para chamar o cavalo.

Svadilfari estava pastando, como de costume, na grama alta nos limites da floresta, a pouco menos de um quilômetro do muro, mas sempre vinha quando o mestre assoviava.

O construtor agarrou as cordas do trenó vazio e se preparou para atrelá-las ao grande garanhão cinza. O sol estava baixo no céu, mas ainda demoraria várias horas até o anoitecer, e a lua parecia pálida, mas também estava ali, bem alta no céu. Logo os dois seriam dele, a maior e a menor luz, assim como Freya, ainda mais bela que o Sol e a Lua. Mas o construtor não cantaria vitória antes da hora. Tinha trabalhado tão duro e por tanto tempo, durante todo o inverno...

Ele assoviou outra vez para o cavalo. Estranho: nunca precisara assoviar duas vezes. Via Svadilfari sacudindo a cabeça, quase empinando em meio às flores silvestres da campina primaveril. O cavalo dava um passo para a frente, depois um passo para trás, como se pudesse sentir um aroma sedutor no ar morno da tarde de primavera, mas não conseguisse identificar que cheiro era aquele.

— Svadilfari! — chamou o construtor, e o garanhão ergueu as orelhas e seguiu a galope constante pela campina.

O homem observou, satisfeito, o cavalo seguir em sua direção. O bater dos cascos na terra soava pela campina, dobrando e redobrando-se com os ecos que se propagavam do grande muro de granito, fazendo com que, por um instante, o construtor imaginasse que uma cavalaria inteira avançava em sua direção.

Não, pensou o construtor, é *apenas um cavalo*.

Ele balançou a cabeça, percebendo seu erro. Não era um cavalo. Não era apenas um conjunto de cascos. Eram *dois*...

O outro cavalo era uma égua castanha. Ele a reconheceu como uma égua imediatamente, nem precisou olhar entre suas pernas. Cada linha, cada centímetro de torso, tudo naquele animal era feminino. Svadilfari deu meia-volta, correndo pela campina, então reduziu a velocidade, empinou e relinchou alto.

A égua o ignorou. Parou de correr como se ele não estivesse ali, então baixou a cabeça e pareceu pastar enquanto Svadilfari se aproximava. Mas, quando o garanhão estava a cerca de dez metros, a égua começou a correr, um trote que se transformou em galope; e o cavalo cinza foi atrás, tentando alcançá-la, sempre com um ou dois corpos de desvantagem, tentando mordiscar seu traseiro e sua cauda, e sempre errando.

Eles correram juntos pela campina à luz suave do fim da tarde, o garanhão cinza e a égua castanha, o suor reluzindo em seus flancos. Era quase uma dança.

O construtor bateu palmas alto, assoviou e chamou o nome de Svadilfari, mas foi ignorado. Então o homem saiu correndo, querendo agarrar o cavalo e fazê-lo voltar à razão, mas a égua parecia saber o que ele pretendia: ela reduziu a velocidade e esfregou as orelhas e a crina contra a cabeça do garanhão, então correu para a orla da floresta como se lobos estivessem em seu encalço. Svadilfari foi atrás dela, e em questão de segundos os dois desapareceram em meio às sombras da mata.

O construtor praguejou e cuspiu, e ficou esperando o cavalo retornar.

As sombras se alongaram, e Svadilfari não voltou.

O construtor voltou para o trenó de carga. Olhou para o interior da floresta. Então cuspiu nas mãos, segurou as cordas e começou a puxar o trenó pela campina coberta de capim e flores da primavera, encaminhando-se para a pedreira nas montanhas.

Ele não retornou ao amanhecer. O sol já estava alto no céu quando chegou a Asgard, arrastando o trenó de carga atrás de si.

Tinha dez blocos de pedra no trenó, tudo que aguentava carregar, e ele puxava e arrastava a carga, amaldiçoando as pedras. Mas a cada passo ficava mais perto do muro.

A bela Freya estava parada junto ao portão, observando o homem.

— Você só tem dez blocos de pedra — disse a deusa. — E precisa do dobro para terminar o muro.

O construtor não respondeu. Continuou puxando os blocos na direção do muro inacabado, implacável, o rosto inexpressivo. Não havia sorrisos nem piscadelas... não mais.

— Thor está voltando do leste — comentou Freya. — Ele vai chegar em breve.

Os deuses de Asgard foram ver o construtor, que puxava as pedras na direção do muro. Eles pararam ao lado de Freya, de forma protetora.

Ficaram em silêncio por um tempo, depois começaram a rir e a sorrir, fazendo perguntas.

— Ei! — gritou Balder. — Você só vai levar o Sol se terminar esse muro. Acha mesmo que vai conseguir levar o Sol para casa com você?

— E a lua — disse Bragi. — É uma pena que seu cavalo não esteja aqui. Ele podia ter carregado todas as pedras de que você precisa.

E os deuses riram.

O construtor soltou o trenó e encarou os deuses.

— Vocês trapacearam! — reclamou, e seu rosto estava rubro de esforço e de raiva.

— Nós não trapaceamos — retrucou Odin. — Não mais do que você. Acha que teríamos deixado que construísse o muro se soubéssemos que é um gigante?

O construtor agarrou um bloco de granito com uma das mãos e o bateu contra outro, partindo a pedra em duas. Ele se voltou para os deuses com metade da rocha em cada mão, e agora tinha dez, quinze, vinte metros de altura. Seu rosto mudou: ele não era mais o estranho que chegara a Asgard uma estação antes, plácido e bem-humorado. Seu rosto parecia a encosta de granito de um despenhadeiro, retorcida e esculpida pela raiva e pelo ódio.

— Sou um gigante das montanhas — anunciou o construtor. — E vocês, deuses, não passam de trapaceiros vis e quebradores de juramentos. Se eu ainda tivesse meu cavalo, teria terminado de construir o muro. Estaria levando a linda Freya e o Sol e a Lua como meus prêmios. E deixaria o restante de vocês aqui, na escuridão e no frio, sem nem mesmo a beleza para animá-los.

— Nenhum juramento foi quebrado — retrucou Odin.
— Mas nenhum juramento pode protegê-lo de nós agora.

O gigante das montanhas urrou de raiva e avançou na direção dos deuses, carregando um grande pedaço de granito em cada mão, como se fossem clavas.

Os deuses abriram caminho, e só então o gigante viu quem estava atrás deles. Um deus enorme e musculoso de barba ruiva, com luvas de ferro, segurando um martelo também de ferro, que ele girou uma vez. O homem ruivo apontou o martelo para o gigante e soltou.

Houve um clarão de relâmpago nos céus claros, seguido pelo estrondo abafado de trovão, quando o martelo deixou a mão de Thor.

O gigante das montanhas viu a arma se aproximar depressa enquanto disparava em sua direção, e então não viu mais nada... nunca mais.

Os próprios deuses terminaram de construir o muro, embora tenham levado mais dez semanas para cortar e extrair os últimos dez blocos das pedreiras de granito no alto das montanhas, levá-los até Asgard e colocá-los no lugar, no portão. Não eram tão bem-feitos, nem ficaram tão bem encaixados quanto os blocos que o mestre construtor produzira e assentara.

Alguns deuses se arrependeram de ter deixado Thor matar o gigante antes que ele terminasse de empilhar os blocos. O deus do trovão agradeceu aos outros deuses por terem planejado uma boa diversão para quando ele retornasse.

Estranhamente, pois não era de seu feitio, Loki não estava por perto para ser elogiado por ter distraído Svadilfari com sucesso. Ninguém sabia onde ele estava, embora houvesse boatos de que uma égua castanha magnífica tinha sido vista nas campinas sob Asgard. Loki ficou ausente pela maior parte de um ano e, quando voltou, estava acompanhado de um potro cinza.

Era um belo potro, embora tivesse oito patas em vez das costumeiras quatro. Ele seguia Loki aonde quer que ele fosse, o acariciava com o focinho e o tratava como se fosse sua mãe. O que, é claro, era o caso.

O potro, batizado de Sleipnir, cresceu e se tornou um grande garanhão cinza, o cavalo mais veloz e mais forte que já existiu ou existirá, um cavalo capaz de correr mais rápido que o vento.

Loki presenteou Odin com Sleipnir, o melhor cavalo entre deuses e homens.

Muitas pessoas admiravam o cavalo de Odin, mas apenas um homem corajoso mencionaria sua linhagem na presença de Loki, e ninguém nunca ousou fazer isso mais de uma vez. Loki faria tudo a seu alcance para tornar um inferno a vida de quem quer que comentasse sobre como ele atraiu Svadilfari para longe de seu mestre e resgatou os deuses de sua própria má ideia. Loki acalentava seus ressentimentos.

E esta é a história de como os deuses construíram seu muro.

OS FILHOS DE LOKI

Loki era bonito e tinha plena consciência disso. Todos queriam gostar dele, acreditar em sua conversa, mas o melhor que se podia dizer a seu respeito é que ele era irresponsável e autocentrado, e o pior, que era perverso e maligno. Loki desposou uma deusa chamada Sigyn, que era feliz e bela quando Loki a cortejou e eles se casaram, mas que depois disso sempre parecia aguardar más notícias. Sigyn lhe deu um filho, Narvi, e outro pouco depois, Vali.

Às vezes, Loki sumia por muito tempo, e nessas ocasiões Sigyn sempre parecia estar à espera das piores notícias possíveis. Mas seu marido sempre voltava para casa: evasivo e parecendo bastante culpado, mas com um ar de quem, na verdade, estava muito orgulhoso de si mesmo.

Foram três as vezes em que ele partiu, e três as vezes em que, depois de um tempo, ele voltou para Asgard.

No último retorno de Loki, Odin o convocou.

— Tive um sonho — comentou o velho deus caolho. — Você tem filhos.

— Eu tenho um filho, Narvi. É um bom menino, mas devo confessar que nem sempre dá ouvidos ao pai. E tenho outro filho, Vali, que é obediente e comedido.

— Não eles. Você tem três outros filhos, Loki. Você anda escapulindo para passar os dias e as noites na terra dos gigantes do gelo e se encontrar com Angrboda, a gigante. E com ela você teve três filhos. Vi isso durante o sono, e minhas visões dizem que eles serão os maiores inimigos dos deuses no tempo que está por vir.

Loki nada respondeu. Tentou se mostrar envergonhado, mas só conseguiu parecer satisfeito consigo mesmo.

Odin convocou os deuses, liderados por Tyr e Thor, e disse que iriam fazer uma viagem para uma área distante de Jötunheim, a terra dos gigantes, e trazer os filhos de Loki para Asgard.

Os deuses viajaram para Jötunheim, onde encontraram inúmeros perigos até chegarem à fortaleza de Angrboda. A gigante não os esperava, e deixara os filhos brincando sozinhos no grande salão. Os deuses ficaram chocados quando se depararam com os filhos de Loki e Angrboda, mas não se detiveram. Capturaram as crianças, levando consigo a mais velha entre eles presa ao tronco nu de um pinheiro; amordaçaram a segunda e passaram uma corda em torno de seu pescoço, feito uma coleira; e a terceira caminhava junto deles, sombria e perturbadora.

Aqueles que avançavam à direita da terceira criança viam uma bela moça, enquanto os da esquerda sempre desviavam o olhar, pois viam uma garota morta, com a pele e a carne negras e pútridas.

— Você também reparou? — perguntou Thor a Tyr, no terceiro dia da viagem de volta pelas terras dos gigantes do gelo.

Haviam acampado em uma pequena clareira para passar a noite, e Tyr acariciava o pescoço peludo do segundo filho de Loki com sua grande mão direita.

— No quê?

— Os gigantes... Eles não estão nos seguindo. Nem mesmo a mãe dessas criaturas veio atrás de nós. É como se *quisessem* que levássemos os filhos de Loki para longe de Jötunheim.

— Que bobagem — retrucou Tyr, mas sentiu um calafrio ao dizer essas palavras, mesmo com o calor da fogueira.

Após dois dias de viagem árdua, os deuses, enfim, chegaram ao salão de Odin.

— Esses são os filhos de Loki — anunciou Tyr, sem rodeios.

O primeiro dos filhos de Loki, ainda amarrado ao pinheiro, já estava maior do que o tronco ao qual fora preso. Seu nome era Jörmungund, e ele tinha a forma de uma serpente.

— Ele cresceu muito durante os dias em que viajamos para cá — explicou Tyr.

— Cuidado — alertou Thor. — Ele cospe um veneno negro nocivo. A serpente cuspiu esse veneno em mim, mas errou. Por isso amarramos sua cabeça à árvore desse jeito.

— É uma criança — observou Odin. — Ainda está em fase de crescimento. Vamos mandá-la para onde não possa machucar ninguém.

Odin levou a serpente para a beira do mar além de todas as terras, o mar que circunda Midgard. Bem ali, na orla, libertou Jörmungund e observou enquanto a criatura deslizava e mergulhava por sob as ondas, serpenteando para longe.

O Pai de Todos observou Jörmungund com seu único olho até a serpente desaparecer no horizonte, e se perguntou se tinha feito a coisa certa. Não sabia. Fizera como seus sonhos haviam lhe ordenado, mas sonhos sabem mais do que revelam, até mesmo para o mais sábio dos deuses de Asgard.

Dali, a serpente cresceria sob as águas cinzentas do oceano do mundo, aumentando de tamanho até circundar a terra. Jörmungund seria, então, conhecido como serpente de Midgard.

Odin retornou ao grande salão e ordenou que a filha de Loki se aproximasse.

Olhou fixamente para a menina: do lado direito do rosto, a face era branca e rosada, o olho do mesmo tom de verde dos de Loki, os lábios cheios e carmesins. Do lado esquerdo, a pele era manchada e estriada, com marcas inchadas da morte, havia um olho cego e podre, pálido e sem vida, e a boca sem lábios estava murcha e repuxada sobre dentes marrons.

— Qual é o seu nome, menina? — perguntou o Pai de Todos.

— Se o nome for de seu agrado, Pai de Todos, me chamam de Hel.

— Uma criança educada — observou Odin. — Preciso reconhecer.

Hel não respondeu, apenas o encarou com seu único olho verde, penetrante como uma lasca de gelo, e com seu olho branco, embotado, destruído e morto. Odin não viu medo nela.

— Você está viva? Ou é um cadáver?

— Eu sou apenas eu mesma: Hel, filha de Angrboda e de Loki. E gosto mais dos mortos. São mais simples e falam comigo com deferência. Os vivos me olham com repulsa.

Odin contemplou a garota, então se lembrou dos sonhos e disse:

— Esta criança governará o lugar mais profundo de todos os lugares sombrios, e governará os mortos de todos os nove mundos. Ela será a rainha das almas miseráveis que morrem de mortes indignas: de doença ou velhice, de acidentes ou no parto. Guerreiros mortos em batalha sempre virão para nós, para Valhala. Mas os que morrem outras mortes serão seus súditos, para servi-la na escuridão.

Pela primeira vez desde que fora tirada da mãe, a jovem Hel abriu um sorriso com sua meia boca.

Odin levou Hel para o submundo, para o mundo sem luz, e lhe mostrou o salão imenso no qual ela receberia seus súditos. Então ficou olhando enquanto ela nomeava suas posses.

— Chamarei meu prato de Fome — anunciou a jovem. Então pegou uma faca. — A esta faca, dou o nome de Inanição. E minha cama é Preocupação.

Com isso, estava resolvido o problema de dois dos filhos de Loki com Angrboda. Um habitava o oceano, outra, a escuridão sob a terra. Mas o que fazer com o terceiro?

Quando trouxeram o terceiro e menor dos filhos de Loki para Asgard, ele era um filhote, e Tyr acariciou seu pescoço e sua cabeça e brincou com ele depois de remover a mordaça. Era um filhote de lobo mesclado de cinza e preto, com olhos cor de âmbar escuro.

O filhote comia carne crua, mas falava como um homem, usando a língua dos homens e dos deuses, e era orgulhoso. A pequena fera se chamava Fenrir.

Fenrir também crescia depressa. Um dia, estava do tamanho de um lobo adulto; no dia seguinte, do tamanho de um urso das cavernas; então ficou do tamanho de um grande alce.

Os deuses ficaram intimidados. Todos menos Tyr, que ainda brincava e se divertia com Fenrir, e sozinho alimentava o lobo com carne todos os dias. E a cada dia a fera comia mais que no anterior, e a cada dia Fenrir crescia e se tornava mais forte e feroz.

Era com maus presságios que Odin via a criança lobo crescer, pois em seus sonhos Fenrir estava presente no fim de tudo. E as últimas coisas que Odin vira em muitos sonhos sobre o futuro eram os olhos cor de topázio e os dentes brancos e afiados do lobo.

Os deuses se reuniram no conselho e, nessa reunião, decidiram que acorrentariam Fenrir.

Forjaram correntes e algemas pesadas nas forjas dos deuses e levaram os grilhões até Fenrir.

— Olhe, Fenrir! — disseram os deuses, como se sugerissem uma nova brincadeira. — Você cresceu tão rápido. É hora de testar a sua força. Trouxemos as algemas e a corrente mais fortes que existem... Acha que consegue rompê-las?

— Acho que sim — respondeu o lobo Fenrir. — Podem me prender.

Os deuses envolveram a enorme corrente em torno do lobo e algemaram suas patas. Fenrir esperou, imóvel. Os deuses trocaram sorrisos enquanto acorrentavam o lobo enorme.

— Agora! — gritou Thor.

Fenrir fez força, contraindo os músculos das patas, e os elos da corrente arrebentaram como gravetos secos.

O grande lobo uivou para a lua, um uivo de triunfo e alegria.

— Rompi suas correntes — anunciou. — Nunca se esqueçam disso.

— Não vamos esquecer — responderam os deuses.

No dia seguinte, Tyr foi levar a carne do lobo.

— Eu rompi as amarras — comentou Fenrir. — Foi fácil.

— É verdade — concordou Tyr.

— Acha que vão me testar outra vez? Eu cresço e fico mais forte a cada dia.

— Vão testar sua força novamente. Posso apostar minha mão direita nisso — respondeu Tyr.

O lobo ainda estava crescendo, e os deuses ocupavam a ferraria, forjando uma nova corrente. Um homem normal não poderia erguer nem um único elo, de tão pesados que eram. O metal da corrente era o mais forte que os deuses tinham conseguido encontrar: ferro da terra misturado com ferro que caíra do céu. Chamaram a corrente de Dromi.

Os deuses levaram Dromi até onde Fenrir dormia.

O lobo abriu os olhos.

— De novo? — perguntou.

— Se você conseguir escapar desta corrente, será condecorado, e sua força será conhecida em todos os mundos. Conquistará a glória. Se correntes como estas não puderem detê-lo, é porque sua força é maior que a de qualquer deus ou gigante.

Ouvindo isso, Fenrir assentiu e examinou a corrente chamada Dromi, que era maior que todas as correntes que já existiram, com elos mais fortes que o mais forte dos elos.

— Não há glória sem risco — afirmou o lobo, após alguns momentos. — Acho que posso romper essa corrente. Podem me prender.

Os deuses o acorrentaram.

O grande lobo se esticou e fez força, mas a corrente resistiu. Os deuses se entreolharam, e havia uma faísca de triunfo brilhando em seus olhos. Então o grande lobo começou a se retorcer, a se revirar, a debater as patas e a tensionar cada músculo e tendão. Seus olhos brilhavam, seus dentes reluziam, sua boca espumava.

Ele rosnava enquanto se retorcia, lutava com toda a força.

Os deuses recuaram por instinto, e ainda bem que fizeram isso, porque um elo rachou e a corrente se quebrou com tamanha violência que os pedaços foram lançados longe. Muitos anos depois, os deuses ainda encontrariam fragmentos dos elos estilhaçados cravados nos troncos das árvores ou nas encostas das montanhas.

— Viva! — urrou Fenrir, uivando, celebrando sua vitória como lobo e como homem.

Ele percebeu que os deuses que haviam assistido ao desafio não pareceram alegres com sua vitória. Nem mesmo

Tyr. Fenrir, filho de Loki, refletiu sobre isso e sobre outras questões.

E o lobo crescia, maior e mais faminto a cada dia.

Odin remoeu os fatos, pensou e refletiu. Tinha tanto a sabedoria do poço de Mímir quanto a sabedoria que adquiriu ao se enforcar na Árvore do Mundo, sacrificando a si próprio. Por fim, decidiu convocar Skírnir, o elfo da luz mensageiro de Frey, e descreveu a corrente chamada Gleipnir. Skírnir montou em seu cavalo e atravessou a ponte arco-íris até Svartalfheim, levando instruções para os anões forjarem uma corrente como nenhum dos mundos viu igual.

Os anões ouviram a descrição de Skírnir, estremeceram e deram seu preço. O elfo concordou, como tinha sido instruído por Odin, embora o preço fosse alto. Os anões reuniram os ingredientes necessários para fazer Gleipnir.

Eis as seis coisas que os anões reuniram:

A primeira foi o som dos passos de um gato.
A segunda, a barba de uma mulher.
A terceira, as raízes de uma montanha.
Para o quarto ingrediente, os tendões de um urso.
O quinto foi o fôlego de um peixe.
E o sexto e último, a saliva de um pássaro.

Usaram cada um desses ingredientes para forjar Gleipnir. (Nem precisa me dizer que nunca viu esse tipo de coisa no mundo. Claro que não viu: os anões usaram tudo na forja.)

Quando terminaram o trabalho, os anões entregaram a Skírnir uma caixa de madeira. Seu conteúdo parecia uma longa fita de seda, macia e delicada ao toque. Era quase transparente e tão leve quanto uma pluma.

Skírnir cavalgou de volta para Asgard com a caixa. Chegou tarde da noite, depois que o sol já havia se posto. Mostrou aos deuses o que trouxera da oficina dos anões, e todos ficaram impressionados com o que viram.

Os deuses se dirigiram às margens do Lago Negro e gritaram por Fenrir. O lobo veio correndo, como um cão ao ser chamado, e os deuses ficaram impressionados com seu tamanho e poder.

— O que aconteceu? — perguntou o lobo.

— Conseguimos pôr as mãos nas amarras mais fortes que existem — responderam. — Nem você vai conseguir rompê-las.

O lobo se inflou de vaidade e respondeu, orgulhoso:

— Consigo romper qualquer corrente.

Odin abriu a mão, exibindo Gleipnir, que reluzia ao luar.

— É isso? — desdenhou o lobo. — Isso não é nada.

Os deuses puxaram Gleipnir, mostrando como era resistente.

— Não conseguimos rompê-la — disseram.

O lobo estreitou os olhos e observou o trapo de seda, que reluzia como uma trilha de lesma, ou o luar nas ondas. Então deu as costas, desinteressado.

— Não. Tragam correntes de verdade, algemas de verdade, pesadas e grandes, para que eu possa mostrar minha força.

— Esta é Gleipnir — explicou Odin. — É mais forte que qualquer algema ou corrente. Está com medo, lobo Fenrir?

— Medo? Claro que não. Mas o que eu ganharia rompendo uma fita fina como essa? Acha que me trará fama e renome? Que vão se reunir e dizer "Ouviram falar de como Fenrir, o lobo, é forte? Ele é tão poderoso que rompeu uma fita de seda!"? Romper Gleipnir não me trará glória.

— Você está com medo — constatou Odin.

A grande fera farejou o ar.

— Sinto o cheiro de traição e trapaça — anunciou o lobo. Seus olhos cor de âmbar brilhavam ao luar. — E, mesmo acreditando que essa tal Gleipnir seja apenas uma fita de seda, não consentirei em ser amarrado por ela.

— Não? Você que rompeu as maiores e mais fortes correntes que já existiram? Está com medo desta fita? — indagou Thor.

— Não tenho medo de nada — rosnou o lobo. — São vocês, criaturinhas, que estão com medo de mim.

Odin coçou a barba.

— Você não é burro, Fenrir. Não há traição entre nós. Mas entendo sua relutância. Só um guerreiro corajoso consentiria em ser amarrado por correntes que não pode romper. Eu lhe garanto, como pai dos deuses, que se você não conseguir romper uma fita como esta (que é, como você diz, uma fita de seda), nós, deuses, não teremos mais razão para temê-lo. E por isso o libertaremos e o deixaremos seguir seu caminho.

O lobo soltou um longo rosnado.

— Você mente, Pai de Todos. Mente com a mesma facilidade que respira. Não acredito que vou ser libertado se me amarrarem com correntes das quais não posso escapar. Acho que você vai me deixar aqui. Seu plano é me abandonar e me trair, não é? Não permito que prendam essa amarra em mim.

— Belas palavras, e muito corajosas — retrucou Odin. — Palavras ditas para encobrir o medo de ser exposto como o covarde que é, lobo Fenrir. Você está com medo de ser amarrado com esta fita de seda. Não há necessidade de maiores explicações.

A língua do lobo pendeu da boca, e ele riu, mostrando os dentes afiados, cada um do tamanho do braço de um homem.

— Em vez de questionar minha coragem, eu o desafio a provar que não há nenhuma trapaça. Aceito ser amarrado se um de vocês se dispuser a colocar a mão na minha boca. Vou fechar os dentes de leve, mas não vou morder. Se não houver traição, abrirei a boca quando tiver escapado da fita, ou quando tiverem me soltado, e a mão permanecerá ilesa. Pronto. Juro que, com a mão na minha boca, vou permitir que vocês me amarrem com a fita. E então, de quem será a mão?

Os deuses se entreolharam. Balder se voltou para Thor; Heimdall, para Odin; e Vili, para Frey; mas nenhum deles se moveu. Então Tyr deu um suspiro, adiantou-se e ergueu a mão direita.

— Eu vou botar a mão na sua boca, Fenrir.

Fenrir deitou-se de lado, e Tyr pôs a mão direita em sua boca, como fazia quando Fenrir era filhote e os dois brincavam juntos. Fenrir fechou os dentes com delicadeza até prender a mão de Tyr pelo pulso sem machucar a pele, então fechou os olhos.

Os deuses o amarraram com Gleipnir. Uma trilha de lesma reluzente envolvia o enorme lobo, amarrando suas pernas e o imobilizando.

— Pronto — anunciou Odin. — Agora, lobo Fenrir, rompa as amarras. Mostre-nos como você é poderoso.

O lobo se esticou e se debateu, empurrou e tensionou cada nervo e músculo tentando arrebentar Gleipnir. Mas, quanto mais lutava, mais difícil parecia se soltar, e a cada movimento a fita reluzente ficava mais forte.

A princípio, os deuses sorriram. Depois, riram. Por fim, quando tiveram certeza de que a fera estava imobilizada e que não corriam perigo, os deuses gargalharam.

Só Tyr ficou em silêncio. Ele não riu. Sentia a ponta afiada dos dentes de Fenrir contra seu pulso, a umidade e o calor da língua do lobo em sua palma e em seus dedos.

Fenrir parou de lutar. Ficou ali, imóvel. Se os deuses fossem soltá-lo, seria naquele momento.

Mas os deuses apenas riam mais e mais. As gargalhadas ribombantes de Thor, mais altas que um trovão, misturavam-se à risada seca de Odin e ao riso musical de Balder...

Fenrir olhou para Tyr, que o encarou com bravura. Então o deus fechou os olhos e assentiu.

— Vá em frente — sussurrou.

Fenrir arrancou a mão de Tyr.

O deus não emitiu nenhum som. Apenas envolveu o coto da mão direita com a esquerda e apertou com toda a força que tinha, reduzindo o jorro de sangue a um filete.

O lobo observou os deuses amarrarem uma das extremidades de Gleipnir a uma pedra tão grande quanto uma montanha, para então a prenderem bem. Depois observou enquanto os deuses pegavam outra rocha e a usavam para martelar a pedra ainda mais fundo na terra, mais fundo que o mais profundo dos oceanos.

— Odin, seu traidor! — gritou Fenrir. — Se não tivesse mentido, eu teria sido amigo dos deuses. Mas seu medo o traiu. Vou matar você, pai dos deuses. Vou esperar até o fim de todas as coisas, então vou devorar o Sol e devorar a Lua. Mas meu maior prazer será matá-lo.

Os deuses tomaram cuidado para não se aproximar das presas de Fenrir, mas, enquanto trabalhavam para afundar ainda mais a rocha, o lobo girou o corpo e tentou mordê-los. O deus mais próximo teve a presença de espírito de enfiar a espada no céu da boca de Fenrir. O cabo da espada ficou preso na mandíbula da fera, mantendo sua boca aberta, impedindo-a de se fechar.

O lobo soltava rosnados inarticulados, e saliva escorria de sua boca, formando um rio. Quem não soubesse que se tratava de um lobo pensaria que Fenrir era uma pequena montanha com um rio correndo da boca de uma caverna.

Os deuses deixaram o lugar onde o rio de saliva corria silenciosamente até o lago escuro. Quando se afastaram o bastante, riram mais, dando tapinhas nas costas uns dos outros, e abriram o grande sorriso de quem acredita ter agido com muita esperteza.

Tyr não sorriu nem riu. Ele enrolou um pano no coto e caminhou ao lado dos deuses de volta para Asgard, mantendo seus pensamentos para si.

E esses eram os filhos de Loki.

O CASAMENTO INCOMUM DE FREYA

Thor, deus do trovão, o mais poderoso dos Aesir, o mais forte, mais bravo e valente em batalha, ainda não havia despertado por completo. Mas mesmo assim tinha a sensação de que alguma coisa não estava certa. Levou a mão ao martelo, que sempre mantinha ao seu alcance, até mesmo durante o sono.

Tateou, de olhos fechados. Esticou o braço, tentando encontrar o cabo confortável e familiar.

Nada de martelo.

Thor abriu os olhos. E se sentou. Ficou de pé. Caminhou pelo quarto.

O martelo não estava em lugar algum. A arma tinha desaparecido.

O martelo de Thor, Mjölnir, foi forjado para ele pelos anões Brokk e Eitri. Era um dos tesouros dos deuses. Quando Thor acertava um golpe, o alvo era destruído. Se lançasse o martelo, a arma nunca erraria e sempre voltaria para sua mão. Podia ser encolhido e escondido dentro da roupa, e depois aumentar outra vez. Era um martelo perfeito em todos os sentidos, exceto um: o cabo era curto demais, então só podia ser empunhado com uma das mãos.

O martelo mantinha os deuses de Asgard a salvo dos perigos que ameaçavam a eles e ao mundo. Gigantes do gelo, ogros, trolls e monstros de todo tipo — todos sentiam muito medo do martelo de Thor.

E o deus do trovão amava Mjölnir. Que simplesmente não estava no lugar.

Thor sempre tomava as mesmas atitudes quando algo dava errado. A primeira era se perguntar se era culpa de Loki. Thor pensou. Achava que nem mesmo Loki ousaria roubar seu martelo. Então fez o que sempre fazia quando alguma coisa dava errado e a primeira ideia não era a solução: foi se aconselhar com Loki.

Loki era esperto e saberia o que fazer.

— Não conte a ninguém — pediu Thor. — Mas o martelo dos deuses foi roubado.

— Isso é uma péssima notícia — retrucou Loki, fazendo uma careta. — Vou ver o que consigo descobrir.

Loki foi até o salão de Freya. Ela era a mais bela dos deuses. Seus longos cabelos louros escorriam pelos ombros, reluzindo à luz da manhã. Seus dois gatos rondavam o aposento, ansiosos para puxar sua carruagem. No pescoço, tão dourado e reluzente quanto seu cabelo, estava o colar Brisingamen, feito para Freya pelos anões.

— Vim pedir emprestada sua capa de penas — disse Loki. — A que lhe permite voar.

— De jeito nenhum — respondeu Freya. — Essa capa é o tesouro mais valioso que possuo. Vale mais que ouro. Não permitirei que você a use para fazer maldades.

— O martelo de Thor foi roubado — explicou Loki. — Preciso encontrá-lo.

— Vou pegar a capa.

Loki vestiu a capa de penas e levantou voo, assumindo a forma de um falcão. Voou para longe de Asgard até adentrar a terra dos gigantes, procurando por alguma coisa incomum.

Lá embaixo, Loki avistou um grande monte. Sentado nele, trançando uma coleira de cachorro, estava o maior e mais feio gigante ogro que Loki já vira. Quando o ogro o viu, voando em forma de falcão, abriu um sorriso de dentes afiados e acenou.

— O que anda acontecendo na terra dos Aesir, Loki? Tem notícias dos elfos? Por que veio sozinho à terra dos gigantes?

Loki pousou ao lado do gigante.

— Não trago nenhuma notícia de Asgard que não seja ruim. E nenhuma notícia da terra dos elfos que não seja ruim.

— Ah, é? — retrucou o ogro, rindo sozinho, parecendo extremamente satisfeito consigo mesmo, como se se achasse extremamente esperto.

Loki reconheceu aquele riso. Às vezes, ele mesmo ria daquele jeito.

— O martelo de Thor desapareceu — comentou Loki. — Você sabe alguma coisa a respeito?

O ogro coçou o sovaco e deu outra risada.

— Talvez... — admitiu. Então perguntou: — Como está Freya? Ela é mesmo tão bela quanto dizem?

— Para quem gosta do tipo.

— Ah, eu gosto. Gosto *mesmo*.

Houve outro silêncio desconfortável. O ogro deixou a coleira em cima de uma pilha de outras já prontas e começou a trançar mais uma.

— Eu roubei o martelo de Thor — revelou o ogro. — E o escondi tão fundo embaixo da terra que ninguém jamais será capaz de encontrá-lo, nem mesmo Odin. Só eu posso trazê-lo de volta à superfície. E só vou devolvê-lo a Thor se você me trouxer o que desejo.

— Posso pagar um resgate pelo martelo — sugeriu Loki. — Posso lhe trazer ouro e âmbar. E incontáveis tesouros...

— Não. Desejo me casar com Freya. Você tem oito dias para trazê-la para Jötunheim. Vou devolver o martelo dos deuses como presente de núpcias no dia do casamento com Freya.

— Quem é você? — perguntou Loki.

O ogro sorriu, exibindo os dentes tortos.

— Ora, Loki, filho de Laufey, eu sou Thrym, o senhor dos ogros.

— Tenho certeza de que podemos chegar a um acordo, grande Thrym.

Loki vestiu a capa de penas de Freya, estendeu os braços e subiu aos céus.

Lá embaixo, o mundo parecia muito pequeno: Loki olhava para as árvores e as montanhas, pequeninas como brinquedos de crianças. E, dali, os problemas dos deuses também pareciam pequenos.

Thor estava a sua espera na corte dos deuses, e antes mesmo de seus pés tocarem o chão, Loki se viu agarrado pelas mãos enormes do deus.

— E então? Você sabe de alguma coisa. Estou vendo em seu rosto. Conte o que sabe, e conte agora. Não confio em você, Loki, e quero saber tudo que você sabe neste exato momento, antes que tenha oportunidade de tramar e planejar.

Loki, que tramava e planejava com a mesma facilidade com que respirava, sorriu diante da raiva e da inocência de Thor.

— Seu martelo foi roubado por Thrym, senhor dos ogros. Eu o convenci a devolvê-lo, mas ele exigiu um preço.

— É justo — disse Thor. — Qual é o preço?

— A mão de Freya em casamento.

— Ele quer só a mão? — perguntou Thor, esperançoso. Afinal, Freya tinha duas mãos, poderia ser convencida a ceder uma delas sem muita discussão. Tyr cedera a dele, não foi?

— Ela inteira — corrigiu Loki. — Thrym quer se casar com ela.

— Ah. Freya não vai gostar nada disso. Bem, você pode dar as notícias a ela. Você é mais persuasivo do que eu, quando não estou com meu martelo.

Os dois foram juntos à corte de Freya.

— Aqui está sua capa de penas — disse Loki.

— Obrigada — respondeu Freya. — Descobriu quem roubou o martelo de Thor?

— Foi Thrym, o senhor dos ogros.

— Já ouvi falar dele. Uma criatura asquerosa. O que ele quer pelo martelo?

— Você — respondeu Loki. — Thrym quer se casar com você.

Freya assentiu.

Thor ficou satisfeito em ver que a deusa parecia ter aceitado a ideia sem reclamar.

— Ponha sua coroa nupcial, Freya, e arrume suas coisas — ordenou o deus do trovão. — Você e Loki vão para a terra dos gigantes. Precisamos que você se case logo, antes que Thrym mude de ideia. Quero meu martelo de volta.

Freya não respondeu.

Thor percebeu que o chão começou a tremer, e as paredes também. Os gatos de Freya miaram e rosnaram, e se esconderam embaixo de um baú de peles, de onde não saíram mais.

A deusa cerrou as mãos com força. O colar Brisingamen se soltou de seu pescoço e caiu no chão. Freya não pareceu notar. Mantinha os olhos fixos em Thor e Loki, como se eles fossem os vermes mais baixos e repugnantes que já tinha visto.

Thor ficou quase aliviado quando Freya começou a falar.

— Que tipo de pessoa vocês acham que sou? — perguntou, bem baixo. — Acham que sou tola? Descartável? Que eu me casaria com um ogro só para resolver os seus problemas? Se acham que vou para a terra dos gigantes, que vou colocar a coroa e o véu nupcial e me submeter ao toque e à... à *luxúria* daquele ogro... que eu me casaria com ele... Bem...

Ela fez silêncio. As paredes estremeceram outra vez, e Thor temeu que o prédio inteiro fosse desabar sobre eles.

— *Sumam daqui* — ordenou Freya. — Que tipo de mulher vocês acham que sou?

— Mas... meu martelo... — argumentou Thor.

— Fique quieto, Thor — mandou Loki.

Thor se calou. Os dois saíram.

— Ela fica muito bonita quando está irritada — comentou Thor. — Dá para entender por que o ogro quer a mão dela em casamento.

— Fique quieto, Thor — exigiu Loki outra vez.

Os dois convocaram os deuses para uma reunião no grande salão. Todos os deuses e deusas estavam ali, exceto Freya, que se recusou a sair de casa.

Eles conversaram, debateram e discutiram o dia inteiro. Não havia dúvida de que precisavam recuperar Mjölnir, mas como? Cada deus e cada deusa fez uma sugestão, e cada sugestão foi rebatida por Loki.

No fim, apenas um deus ainda não tinha se pronunciado: Heimdall, o que vê longe, que vigia o mundo. Nada acontece sem que Heimdall saiba, e ele às vezes vê acontecimentos que ainda estão para ocorrer no mundo.

— Bem... E você, Heimdall? — perguntou Loki. — Tem alguma sugestão?

— Tenho. Mas vocês não vão gostar.

Thor deu um soco na mesa.

— Não importa se vamos gostar ou não! — argumentou. — Nós somos deuses! Não há nada que nenhum de nós aqui reunidos não faria para recuperar Mjölnir. Conte logo a sua ideia. Se for boa, vamos gostar.

— *Você* não vai gostar — retrucou Heimdall.

— Eu vou, sim! Todos nós vamos! — exclamou Thor.

— Bem, acho que devíamos vestir Thor de noiva. Colocamos nele o colar Brisingamen e uma coroa nupcial. Colocamos enchimento no vestido, para que ele pareça uma mulher. Cobrimos seu rosto com um véu. Enfeitamos Thor com adornos, como fazem as mulheres, e o cobrimos de joias...

— Não gostei nada disso! — reclamou Thor. — Vão achar que... Bem, para começo de conversa, vão achar que uso roupas de mulher. Está completamente fora de questão. Não gostei nada dessa história. Não vou usar um véu nupcial de jeito nenhum. Ninguém aqui gosta dessa ideia, não é? É uma ideia terrível, terrível. Eu tenho barba. Não posso raspar a barba.

— Fique quieto, Thor — mandou Loki, filho de Laufey. — É uma ideia excelente. Se não quiser que os gigantes invadam Asgard, vai ter que vestir um véu matrimonial. Isso vai esconder seu rosto e sua barba.

Odin, o supremo, interveio:

— É mesmo uma ideia excelente. Muito bem pensado, Heimdall. Precisamos do martelo de volta, e essa é a melhor maneira de consegui-lo. Deusas, preparem Thor para seu casamento.

As deusas trouxeram roupas para ele vestir. Frigga, Fulla, Sif, Iduna e outras — até mesmo Skadi, madrasta de Freya —, vieram e ajudaram a prepará-lo. As deusas o vestiram com o vestido mais fino, do tipo que uma deusa de alta estirpe usaria no dia de seu casamento. Frigga foi visitar Freya e voltou com o colar Brisingamen, então o pendurou no pescoço de Thor.

Sif, esposa de Thor, colocou seus adornos no corpo do marido.

Iduna trouxe todas as joias que tinha e enfeitou Thor, deixando-o brilhante e reluzente à luz de velas. E trouxe cem anéis de ouro vermelho e ouro branco para botar nos dedos de Thor.

As deusas cobriram o rosto dele com o véu, deixando apenas os olhos à mostra, e Var, a deusa dos casamentos, pôs um adereço reluzente em sua cabeça: uma coroa nupcial muito alta, larga e bela.

— Não sei se deixar os olhos à mostra é uma boa ideia — comentou Var. — Não parecem muito femininos.

— Espero mesmo que não — murmurou Thor.

Var encarou o deus do trovão.

— Se eu baixar o adereço de cabeça, os olhos vão ficar escondidos, mas ele não vai conseguir enxergar.

— Faça o melhor que der — pediu Loki, antes de se dirigir a Thor: — Serei sua criada e irei com você à terra dos gigantes. — Então mudou de forma. Na voz e na aparência, virou uma bela e jovem criada. — Pronto. Como estou?

Thor soltou um murmúrio baixo, mas talvez tenha sido bom que ninguém o tenha escutado.

Loki e Thor subiram na carruagem de Thor, e as cabras que a puxavam, Rosnador e Rangedor, saltaram para os céus, ansiosas para partir. Montanhas se abriam ao meio quando eles passavam, e a terra irrompia em chamas abaixo deles.

— Estou com um mau pressentimento — comentou Thor.

— Não fale — pediu Loki, em sua forma de donzela. — Deixe que eu cuide de toda a conversa. Consegue se lembrar disso? Se falar, vai arruinar tudo.

Thor resmungou.

Pousaram no pátio. Bois gigantes e negros pastavam por perto, impassíveis. Cada animal era maior que uma casa, e as pontas de seus chifres eram folheadas a ouro. O pátio fedia com o cheiro forte de esterco.

Uma voz ribombante se ergueu de um imponente e alto salão:

— Mexam-se, seus tolos! Espalhem palha limpa nos bancos! O que pensam que estão fazendo? Ora, tirem isso daí, ou cubram de palha, só não deixem apodrecendo no canto. É Freya, a criatura mais bela dos nove mundos, filha de Njord, que vem até nós. Ela não vai querer ver uma coisa dessas.

Havia uma trilha de palha limpa cruzando o pátio. Depois de parar a carruagem, Thor, disfarçado, e Loki, a criada, caminharam pela trilha, erguendo as saias para não arrastarem na lama.

Uma gigante os esperava. Ela se apresentou como irmã de Thrym antes de beliscar as belas bochechas de Loki e cutucar Thor com uma unha afiada.

— Então esta é a mulher mais bonita dos nove mundos? Não me parece grande coisa. E, quando ergueu as saias, seus tornozelos pareceram grossos como troncos de árvore.

— Uma ilusão de óptica. Ela é a mais bela de todos os deuses — respondeu Loki, a donzela, com sua voz delicada. — Quando ela tirar o véu, prometo que ficará encantada com sua beleza. E onde está o noivo? Onde está o banquete de casamento? Freya está tão ansiosa que mal consigo contê-la.

O sol estava se pondo quando os dois adentraram o grande salão para o banquete de casamento.

— E se o ogro quiser que eu me sente ao lado dele? — sussurrou Thor para Loki.

— Você precisa se sentar ao lado dele. É o lugar da noiva.

— Mas ele pode tentar botar a mão na minha perna — sussurrou Thor, ansioso.

— Vou me sentar entre os dois — decidiu Loki. — Posso dizer a ele que é um costume Aesir.

Thrym sentou-se à cabeceira da mesa, e Loki se sentou a seu lado no banco, com Thor do lado oposto.

O gigante bateu palmas, e serviçais gigantes entraram. Trouxeram cinco bois assados inteiros, o bastante para alimentar os gigantes, e vinte salmões assados inteiros, cada peixe do tamanho de uma criança de dez anos. Também carregavam dúzias de bandejas com docinhos e bolos para as mulheres.

Em seguida, cinco outros serviçais entraram, cada um segurando um barril inteiro de hidromel: barris tão grandes e pesados que os gigantes mal conseguiam carregá-los.

— Dedico esta refeição à bela Freya! — anunciou Thrym, e podia ter dito outras palavras, mas Thor já havia começado a comer e a beber, e teria sido rude se o ogro falasse enquanto sua noiva comia.

Uma bandeja de bolos e doces feitos para o deleite das mulheres foi posta diante de Loki e Thor. Loki pegou o menor dos doces com delicadeza. Thor, com a mesma delicadeza, pegou todo o resto, e os doces logo sumiram ao som de uma boca mastigando sob o véu. As outras mulheres, que encaravam os doces com fome, olharam, com raiva e desapontadas, para a bela Freya.

Mas Freya não tinha nem começado a comer.

Thor comeu um boi inteiro sozinho. Depois, sete salmões inteiros, sem deixar nada além das espinhas. Cada vez que uma bandeja de doces era colocada diante dele, Thor devorava todos os bolos e doces, deixando as outras mulheres com fome. Às vezes, Loki o chutava por baixo da mesa, mas Thor ignorava todos os chutes e continuava comendo.

Thrym cutucou o ombro de Loki.

— Com licença — disse o ogro. — Não pude deixar de reparar que a adorável Freya acabou de secar o terceiro barril de hidromel.

— Tenho certeza que sim — respondeu Loki, a donzela.

— Impressionante. Nunca vi uma mulher comer tanto, nem beber tanto hidromel...

— Na verdade, a explicação é bem simples — respondeu Loki.

Ele respirou fundo e ficou olhando Thor engolir outro salmão inteiro e tirar a espinha do peixe de debaixo do véu. Era como ver um truque de mágica. Loki se perguntou qual seria a tal explicação simples.

— Com isso já são oito salmões — comentou Thrym.

— Oito dias e oito noites! — exclamou Loki, de repente. — Freya não come há oito dias e oito noites, de tão ansiosa que estava para chegar à terra dos gigantes e fazer amor com seu novo marido. Agora, em sua presença, ela finalmente voltou a comer. — A criada se voltou para Thor. — É tão bom vê-la comendo de novo, minha querida!

Thor olhou feio para Loki, por baixo do véu.

— Eu devia beijar minha noiva — sugeriu Thrym.

— Eu não aconselharia. Ainda não — respondeu Loki, mas Thrym já tinha se inclinado e fazia ruídos de beijos.

Com a mão enorme, o ogro tentou puxar o véu de Thor. Loki, a donzela, estendeu o braço para detê-lo, mas era tarde demais. Thrym recuara de repente, abalado.

Thrym cutucou o ombro de Loki, a donzela.

— Posso falar com você em particular?

— Claro.

Eles se levantaram e caminharam pelo salão.

— Por que os olhos de Freya são tão... aterrorizantes? — perguntou Thrym. — Pareciam carvões em brasa. Não eram os olhos de uma mulher bonita.

— É claro que não — respondeu Loki, a donzela, com sua voz delicada. — Você não poderia esperar que fossem. Ela não dorme há oito dias e oito noites, ó, poderoso Thrym. Estava tão consumida pelo amor que sente por você que não foi capaz de dormir, de tão ansiosa. Freya está queimando por dentro de desejo! É isso que você viu: paixão ardente.

— Ah. Entendo. — O ogro sorriu e lambeu os lábios com uma língua maior que um travesseiro. — Está bem, então.

Os dois caminharam de volta para a mesa. A irmã de Thrym estava sentada no lugar de Loki, ao lado de Thor, tamborilando as unhas na mão dele.

— Se sabe o que é bom para você, vai me dar esses anéis — dizia ela. — Todos esses belos anéis de ouro. Você vai ser uma estranha neste castelo. Vai precisar de alguém para cuidar de você, ou as coisas vão ficar feias por aqui, tão longe de casa. Você tem tantos anéis. Me dê alguns como presente nupcial. São tão bonitos, vermelhos e dourados...

— Não está na hora do casamento? — perguntou Loki.

— Sim! — concordou Thrym. Então ordenou, bem alto: — Tragam o martelo para santificar a noiva! Quero ver Mjölnir no colo da bela Freya. Que Var, a deusa dos compromissos entre homens e mulheres, abençoe e consagre nosso amor.

Foi necessário quatro gigantes para carregar o martelo de Thor, trazendo-o das profundezas do salão. Mjölnir emitia um brilho baço à luz do fogo. Com dificuldade, os gigantes o puseram no colo de Thor.

— Agora quero ouvir sua bela voz, meu amor, minha pombinha, minha querida — pediu Thrym. — Diga que me ama. Diga que será minha noiva. Diga que vai assumir o mesmo compromisso comigo que as mulheres têm assumido com os homens, e os homens com as mulheres, desde o começo dos tempos. O que me diz?

Thor agarrou o cabo do martelo com a mão coberta de anéis de ouro e o apertou de modo tranquilizador. A sensação era familiar e confortável. Então começou a rir, uma risada profunda e poderosa.

— O que eu digo — começou Thor, a voz como um trovão — é que você não devia ter roubado meu martelo.

Então acertou Thrym com o martelo — uma vez já bastou. O ogro caiu no chão e não se levantou mais.

Todos os gigantes e ogros pereceram nas mãos de Thor, todos convidados do casamento que nunca iria se realizar. Até mesmo a irmã de Thrym, que recebeu um presente de núpcias inesperado.

E, quando o salão caiu em silêncio, o deus do trovão chamou:

— Loki?

Loki saiu de debaixo da mesa em sua forma original e examinou a carnificina.

— Bem, parece que você resolveu o problema.

Thor já tirava o vestido, aliviado. Ficou ali, parado, vestindo apenas uma camisa, no salão cheio de gigantes mortos.

— Pronto. Não foi tão ruim quanto eu temia — comentou, contente. — Recuperei meu martelo. E ainda comi um belo jantar. Vamos para casa.

O HIDROMEL
DA POESIA

Você já se perguntou de onde vem a poesia? De onde tiramos as canções que cantamos e as histórias que contamos? Alguma vez imaginou como é que algumas pessoas têm sonhos tão belos e sábios e são capazes de transmiti-los para o mundo como poesia, para serem cantados e recontados enquanto o sol continuar nascendo e se pondo, enquanto a lua crescer e minguar? Já se perguntou por que algumas pessoas criam belas canções, poemas e contos, e outras, não?

É uma longa história, uma que não é creditada a ninguém. Nela há assassinato, trapaças, mentiras, tolices, sedução e perseguição. Preste atenção.

Esta história começa pouco depois da aurora do tempo, em uma guerra entre os deuses Aesir e Vanir. Os Aesir eram deuses da guerra, da batalha e da conquista; já os Vanir eram mais delicados — irmãos e irmãs que tornavam o solo fértil e faziam as plantas crescerem —, porém não menos perigosos.

Os Vanir e os Aesir eram iguais em força. Nenhum lado venceria a guerra. E mais: ao longo da disputa, ambos perceberam que precisavam um do outro, que não há satisfação nas corajosas batalhas sem os belos campos e fazendas para suprir os banquetes de comemoração.

Os deuses se reuniram para firmar a paz, e, depois de concluídas as negociações, marcaram a trégua com cada um dos Aesir e dos Vanir cuspindo em uma tina. A saliva se misturava, e o acordo era selado.

Depois, os deuses fizeram um banquete. Comeram, beberam hidromel e festejaram, contando piadas, conversando, se vangloriando e rindo enquanto as fogueiras se reduziam a carvões reluzentes. A festança durou até o sol surgir no horizonte, e quando os Aesir e os Vanir se levantaram para ir embora, cobrindo-se com peles e mantos para sair na neve fria e na névoa matinal, Odin falou:

— Seria uma pena deixar nossas salivas misturadas para trás.

Frey e Freya, irmão e irmã, eram os líderes dos Vanir e, pelos termos do acordo de trégua, passariam a morar com os Aesir em Asgard. Eles concordaram.

— Poderíamos transformá-la em alguma coisa — propôs Frey.

— Deveríamos criar um homem — sugeriu Freya, enfiando a mão na tina.

A saliva se transformou, tomando forma com o movimento dos dedos de Freya, e, em pouco tempo, um homem desnudo estava de pé diante dos deuses.

— Você é Kvásir — anunciou Odin. — Sabe quem eu sou?

— Você é Odin, o supremo — respondeu Kvásir. — Você é Grímnir, e é o Terceiro. Você tem outros nomes, são muitos para listar, mas conheço todos. E também conheço os poemas, os cânticos e os *kennings* que os acompanham.

Kvásir, criado a partir da união dos Aesir com os Vanir, era o mais sábio dos deuses: combinava cabeça e coração. Os deuses brigavam entre si para serem os próximos a lhe fazer perguntas, e suas respostas eram sempre sensatas. Kvásir analisava com atenção e interpretava corretamente o que ouvia.

Após um tempo, ele se dirigiu aos deuses e anunciou:

— Vou viajar. Vou visitar os nove mundos, conhecer Midgard. Há perguntas que precisam de respostas, mas que ainda não foram feitas.

— Mas você voltará para nós? — perguntaram os deuses.

— Voltarei — respondeu Kvásir. — Afinal, ainda há o mistério da rede, que um dia terá que ser desvendado.

— O mistério do quê? — perguntou Thor.

Mas Kvásir apenas sorriu e se afastou dos deuses, deixando-os intrigados. Ele vestiu o manto de viagem e deixou Asgard pela ponte arco-íris.

Kvásir foi de cidade em cidade, de aldeia em aldeia. Conheceu todo tipo de gente, tratava bem a todos e respondia suas perguntas. E todo lugar se beneficiou com a presença de Kvásir.

Naquele tempo, havia dois elfos negros que viviam em uma fortaleza à beira-mar. Lá, eles faziam mágica e feitos de alquimia. Como todos os anões, eles criavam coisas — itens maravilhosos e impressionantes — em sua oficina e em sua forja. Mas havia muitas coisas que ainda não tinham criado, e os dois eram obcecados pela ideia de criá-las. Os anões eram irmãos, e se chamavam Fjalar e Galar.

Quando souberam que Kvásir estava visitando uma cidade próxima, os dois saíram para encontrá-lo. Fjalar e Galar encontraram Kvásir no grande salão, respondendo as perguntas dos moradores da cidade, impressionando a todos que ouviam. Ele ensinou como purificar a água e como tecer roupas com urtigas. Revelou a uma mulher quem roubara sua faca e por quê. Quando terminara de falar e de comer a refeição oferecida pelos moradores, os anões se aproximaram.

— Temos uma pergunta que nunca lhe fizeram antes — disseram os irmãos. — Mas é uma que deve ser feita em particular. Pode vir conosco?

— Eu vou — concordou Kvásir.

Os três caminharam até a fortaleza. As gaivotas gritavam, e as sombrias nuvens cinzentas eram do mesmo tom das ondas. Os anões levaram Kvásir para sua oficina, nas profundezas da fortaleza.

— O que são essas coisas? — perguntou Kvásir.

— São tonéis. Eles se chamam Son e Bodn.

— Entendo. E o que é aquilo ali?

— Como pode ser tão sábio se não conhece essas coisas? É uma caldeira. Nós a chamamos de Odrerir, a provocadora de êxtases.

— E aqui vejo baldes de mel que vocês colheram. Estão destampados, e o mel é líquido.

— Isso mesmo — concordou Fjalar.

Galar franziu a testa.

— Se você fosse tão sábio quanto dizem, saberia nossa pergunta antes mesmo que a perguntássemos. E saberia o que planejamos fazer com essas coisas.

Kvásir assentiu, resignado.

— Ao que me parece, sendo vocês ao mesmo tempo inteligentes e malignos, os dois talvez tenham decidido matar seu visitante e deixar o sangue dele escorrer para os tonéis Son e Bodn. Então vão aquecer o sangue aos poucos na caldeira, Odrerir. Depois, vão adicionar mel recém-extraído à mistura e deixá-la fermentar até se transformar em hidromel. Seria o melhor hidromel já criado, uma bebida capaz de intoxicar quem quer que a prove, mas também capaz de dar o dom da poesia e da sabedoria a quem a bebe.

— Nós somos mesmo inteligentes — admitiu Galar. — E deve haver quem nos considere malignos.

E, com isso, cortou a garganta de Kvásir. Os irmãos penduraram Kvásir pelos pés acima dos tonéis e drenaram até a última gota de seu sangue. Eles aqueceram o sangue e o mel na caldeira Odrerir e fizeram outras coisas de sua própria invenção. Acrescentaram frutinhas silvestres e mexeram com uma vara. A mistura borbulhou, então parou de borbulhar, e os dois a provaram e riram. Os anões encontraram dentro de si o verso e a poesia que jamais tinham conseguido expressar.

Os deuses apareceram na manhã seguinte.

— Kvásir foi visto pela última vez na sua companhia — explicaram.

— É verdade — responderam os irmãos. — Ele veio para cá conosco, mas, quando percebeu que somos apenas anões tolos e desprovidos de sabedoria, se engasgou com o próprio conhecimento. Se tivéssemos conseguido lhe fazer perguntas...

— Ele morreu?

— Sim — responderam Fjalar e Galar, e entregaram aos deuses o corpo exangue de Kvásir.

Ele seria levado de volta a Asgard para ter o funeral de um deus e talvez (porque os deuses não são como os outros, e a morte deles nem sempre é permanente) para reviver como um deus.

E foi assim que os anões obtiveram o hidromel da sabedoria e da poesia, e quem desejasse prová-lo precisava implorar a eles por um gole. Mas Galar e Fjalar só davam o hidromel para quem gostavam, e não gostavam de ninguém além de si mesmos.

Ainda assim, havia aqueles com quem os dois tinham dívidas. O gigante Gilling e sua esposa, por exemplo. Os anões os convidaram a visitar a fortaleza, e a visita aconteceu em um dia de inverno.

— Vamos passear no nosso barco — sugeriram os anões.

O peso de Gilling fazia o barco navegar bem baixo na água, e as remadas dos anões os conduziram a uma área com rochas sob a superfície. Em todas as viagens anteriores o barco flutuara serenamente acima das pedras. Mas não dessa vez. O casco colidiu nas pedras e o barco virou, jogando o gigante no mar.

— Nade de volta para o barco! — gritaram os irmãos.

— Eu não sei nadar! — respondeu o gigante, e foi a última coisa que disse, pois uma onda encheu sua boca aberta de água salgada, sua cabeça bateu nas rochas, e, em instantes, ele afundou e sumiu de vista.

Fjalar e Galar desviraram o barco e voltaram para casa. A esposa de Gilling esperava por eles.

— Onde está meu marido?
— Gilling? — indagou Galar. — Ah, ele morreu.
— Se afogou — acrescentou Fjalar, prestativo.

Ouvindo isso, a esposa do gigante gritou e chorou como se alguém estivesse arrancando sua alma. Ela gritou pelo marido morto e jurou que o amaria para sempre, e ela berrou, gemeu e chorou.

— Quieta! — ralhou Galar. — Seu choro e seus gemidos machucam meus ouvidos. São altos demais! Espero que seja porque você é uma giganta.

Mas a mulher só fez chorar mais alto.

— Calma — pediu Fjalar. — Você se sentiria melhor se lhe mostrássemos o lugar onde seu marido morreu?

A giganta fungou e assentiu, então chorou, gemeu e lamentou a morte do marido, que nunca voltaria para ela.

— Fique parada ali que vamos apontar o lugar para você — instruiu Fjalar, mostrando exatamente onde a giganta devia ficar, explicando que ela precisava passar pelo portal e ficar próxima à muralha da fortaleza. E balançou a cabeça para o irmão, que subiu correndo para o alto da muralha.

Enquanto a esposa de Gilling atravessava o portal, Galar jogou um pedregulho em sua cabeça. A giganta caiu, o crânio esmagado.

— Bom trabalho — elogiou Fjalar. — Eu já estava cansado daquela barulheira horrível.

Os dois empurraram o corpo sem vida da giganta para o mar. Os dedos das ondas cinzentas arrastaram o corpo para longe da fortaleza, e a esposa de Gilling e Gilling se reuniram após a morte.

Os anões deram de ombros, se julgando extremamente espertos em sua fortaleza junto ao mar.

Eles bebiam o hidromel da poesia toda noite, então declamavam belos e grandiosos versos um para o outro e criavam narrativas épicas sobre a morte de Gilling e de sua esposa, que declamavam do alto da fortaleza. No fim de cada noite, dormiam um sono pesado e acordavam onde tinham se sentado ou caído na noite anterior.

Certo dia, os dois acordaram como sempre, mas não despertaram na fortaleza.

Acordaram no fundo do barco, e um gigante que eles não reconheceram remava por entre as ondas. O céu estava escuro, com nuvens de tempestade, e o mar era negro. As ondas eram altas e fortes, e água salgada respingava pelas laterais do barco dos anões, encharcando-os.

— Quem é você? — perguntaram os irmãos.

— Eu sou Suttung — respondeu o Gigante. — Ouvi dizer que vocês andam se gabando para o vento, para as ondas e para todo o mundo de terem matado meu pai e minha mãe.

— Ah — disse Galar. — E isso explica por que estamos amarrados?

— Explica.

— Talvez você esteja nos levando para um lugar glorioso — sugeriu Fjalar, esperançoso. — Onde vai nos desamarrar, e lá comeremos e beberemos e riremos juntos. Então vamos nos tornar melhores amigos.

— Acho que não — retrucou Suttung.

A maré estava baixa. Rochas se projetavam acima da água. Eram as mesmas rochas nas quais, na maré alta, o barco dos anões virara, o local onde Gilling se afogara. Suttung agarrou os anões, tirando-os do fundo do barco, e os largou sobre as rochas.

— Na maré alta, o mar cobrirá estas rochas — disse Fjalar. — Nossas mãos estão amarradas às costas. Não podemos nadar. Se você nos deixar aqui, com certeza vamos nos afogar.

— E essa é a intenção — explicou Suttung, sorrindo pela primeira vez. — E, enquanto vocês se afogam, vou ficar aqui sentado, em seu barco, e assistir ao mar levar os dois. Aí voltarei para Jötunheim e contarei a meu irmão, Baugi, e a minha filha, Gunnlod, como foi que vocês morreram. E nós três vamos ficar satisfeitos, pois minha mãe e meu pai serão vingados.

A maré começou a subir. Cobriu os pés dos anões, depois chegou aos umbigos. Em pouco tempo, suas barbas flutuavam na espuma, e havia pânico em seus olhos.

— Piedade! — imploraram.

— Piedade igual à que vocês tiveram por minha mãe e meu pai?

— Vamos compensá-lo pelas mortes! Vamos compensá-lo! Podemos pagar.

— Acho que vocês, anões, não possuem nada que poderia compensar a morte de meus pais. Sou um gigante rico. Tenho muitos servos em minha fortaleza nas montanhas, e tenho todas as riquezas com que posso sonhar. Tenho ouro, e tenho pedras preciosas, e ferro suficiente para fazer mil espadas. Sou versado em magia. O que vocês poderiam me dar que eu já não tenha?

Os anões nada responderam.

As ondas continuaram a subir.

— Nós temos hidromel, temos o hidromel da poesia! — disparou Galar, desesperado, quando a água roçou seus lábios.

— Feito com o sangue de Kvásir, o mais sábio de todos os deuses! — gritou Fjalar. — São dois tonéis e uma caldeira, cheios dele! Ninguém tem isso, só nós, ninguém no mundo inteiro!

Suttung coçou a cabeça.

— Preciso pensar a respeito. Tenho que meditar. Tenho que refletir.

— Não há tempo para pensar! Se você pensar, nós dois vamos nos afogar! — gritou Fjalar, acima do rugido das ondas.

A maré subia mais e mais. Ondas quebravam na cabeça dos anões, impedindo-os de respirar, e os dois já estavam com os olhos arregalados de medo quando o gigante Suttung estendeu a mão e puxou, primeiro Fjalar, depois Galar, da água.

— O hidromel da poesia será uma compensação adequada. É um preço justo, se incluírem mais algumas coisas, e tenho certeza de que vocês, anões, têm mais algumas coisas para incluir. Pouparei suas vidas.

O gigante os jogou, ainda amarrados e encharcados, no fundo do barco. Os dois se remexeram, desconfortáveis, como duas lagostas barbadas, enquanto Suttung remava de volta à praia.

O HIDROMEL DA POESIA

Suttung tomou para si o hidromel que os anões tinham feito com o sangue de Kvásir. E tomou outras coisas, também, deixando para trás aquele lugar e aqueles anões; que ficaram, considerando tudo, bem felizes por terem escapado com vida.

Fjalar e Galar contavam a todos que passavam por sua fortaleza a história de como tinham sido maltratados por Suttung. Contaram no mercado, logo que foram negociar. Contaram quando os corvos estavam por perto.

Em Asgard, Odin estava sentado em seu grande trono quando seus corvos, Hugin e Munin, sussurraram-lhe tudo o que tinham visto e ouvido enquanto viajavam pelo mundo. O único olho de Odin brilhou quando ele ouviu a história do hidromel de Suttung.

Todos que ouviram a história chamavam o hidromel da poesia de "barco dos anões", pois tinha sido ele quem levara Fjalar e Galar em segurança para casa. Ele também era chamado de hidromel de Suttung, e de líquido de Odrerir, ou de Bodn, ou de Son.

Odin ouviu as palavras de seus corvos. Mandou buscarem seu manto e chapéu. Chamou os deuses, ordenou que preparassem três enormes barris de madeira — os maiores que conseguissem construir — e que os deixassem prontos junto aos portões de Asgard. Contou aos deuses que os deixaria para viajar pelo mundo, e que poderia demorar algum tempo para voltar.

— Levarei duas coisas comigo — anunciou Odin. — Preciso de uma pedra de amolar, para afiar uma lâmina. A melhor que tivermos. E desejo levar o trado chamado Rati.

Rati significa "perfuradeira", e Rati era o melhor instrumento de perfuração que os deuses possuíam. Era capaz de abrir furos profundos e de penetrar a rocha mais dura.

Odin jogou a pedra de amolar para o alto e a pegou de volta, então a guardou na bolsa junto com o trado. Em seguida, foi embora.

— Queria saber o que ele está pretendendo — comentou Thor.

— Kvásir saberia — disse Frigga. — Ele sabia tudo.

— Kvásir está morto — retrucou Loki. — E, de minha parte, não me importa para onde o Pai de Todos vai, nem por quê.

— Vou ajudar a construir os barris de madeira que o Pai de Todos nos pediu — afirmou Thor.

Suttung deixara o precioso hidromel aos cuidados da filha, Gunnlod, para que ela o vigiasse no interior da montanha Hnitbjorg, no coração da terra dos gigantes. Odin não foi para a montanha. Em vez disso, foi direto à fazenda que pertencia ao irmão de Suttung, Baugi.

Era primavera, e os campos estavam cobertos de capim alto pronto para ser cortado para servir de feno. Baugi tinha nove escravos, gigantes como ele, que usavam grandes foices para cortar o capim. Cada foice tinha a altura de uma árvore pequena.

Odin ficou observando. Quando o sol atingiu seu ápice e os escravos pararam de trabalhar para comer as provisões, o Pai de Todos se aproximou deles e disse:

— Fiquei observando vocês trabalharem. Digam-me, por que seu mestre deixa que cortem a grama com foices tão cegas?

— Nossas lâminas não estão cegas — retrucou um dos trabalhadores.

— Por que acha isso? — perguntou outro gigante. — Temos as lâminas mais afiadas que há.

— Deixem eu lhes mostrar o que uma lâmina afiada pode fazer — retrucou Odin.

Ele pegou a pedra de amolar do bolso e a passou na lâmina de uma das foices, depois na de outra, até cada lâmina reluzir ao sol. Os gigantes ficaram parados em volta dele, meio sem jeito, assistindo ao trabalho.

— Podem experimentar agora — disse Odin.

Os escravos gigantes passaram as foices pelo capim da campina e exclamaram de prazer, muito surpresos. As lâminas estavam tão afiadas que não era preciso qualquer esforço para cortar o capim. As lâminas atravessavam os caules mais grossos sem resistência.

— Isto é maravilhoso! — disseram a Odin. — Quer nos vender sua pedra de amolar?

— Vender? — indagou o Pai de Todos. — Nada disso. Há um jeito mais justo e divertido. Todos vocês, venham aqui. Fiquem parados um do lado do outro, e segurem as foices bem firme. Mais perto.

— Não podemos nos aproximar mais um do outro — retrucou um dos escravos gigantes. — As foices estão muito afiadas.

— Você é muito inteligente — disse Odin, erguendo a pedra de amolar. — Então vamos fazer o seguinte: quem conseguir pegar a pedra de amolar, seu único dono será!

E a jogou para o alto.

Nove gigantes saltaram na direção da pedra de amolar, cada um tentando pegá-la com a mão livre, sem prestar atenção às foices (e todas haviam sido afiadas pelo Pai de Todos com sua pedra de amolar, criando um fio perfeito).

Eles saltaram e estenderam os braços, e as lâminas reluziram ao sol.

Borrifos e esguichos rubros se espalharam pelo ar, então os corpos dos escravos se dobraram e retorceram, e, um a um, eles caíram na grama recém-cortada. Odin passou por cima dos corpos dos gigantes, recuperou a pedra de amolar dos deuses e guardou-a no bolso.

Cada um dos nove escravos tinha morrido com a garganta cortada pela lâmina de seu companheiro.

Odin foi até o salão de Baugi, irmão de Suttung, e pediu abrigo para a noite.

— Eu me chamo Bolverkr — disse Odin.

— Bolverkr — repetiu Baugi. — Um nome funesto. Significa "aquele que faz coisas terríveis".

— Só para meus inimigos — retrucou aquele que se chamava Bolverkr. — Meus amigos gostam das coisas que faço. Sou capaz de fazer o trabalho de nove homens. E trabalho incansavelmente e sem reclamar.

— Você terá abrigo para a noite — disse Baugi, soltando um suspiro. — Mas apareceu em um dia sombrio. Ontem eu era um homem rico, com muitos campos e nove escravos para plantar e colher, para trabalhar e construir. Esta noite, ainda possuo meus campos e animais, mas todos os meus servos morreram. Mataram uns aos outros. E não sei por quê.

— É mesmo um dia sombrio — concordou Bolverkr, que era Odin. — Não há uma forma de conseguir mais trabalhadores?

— Não este ano — respondeu Baugi. — Já é primavera. Os bons trabalhadores estão nos campos de meu irmão, Suttung, e pouca gente vem aqui de passagem. Você é o primeiro viajante que me pede abrigo e hospitalidade em muitos anos.

— Sorte sua, pois posso fazer o trabalho de nove homens.

— Você não é um gigante — retrucou Baugi. — É um homenzinho minúsculo. Não conseguiria fazer o trabalho de um de meus servos, que dirá de nove.

— Se eu não conseguir fazer o trabalho de seus nove homens, então não precisa me pagar — disse Bolverkr. — Mas, se eu conseguir...

— Se você conseguir...?

— Histórias sobre o hidromel extraordinário de seu irmão, Suttung, chegaram até os lugares mais remotos. Dizem que a bebida concede o dom da poesia para qualquer um que a beba.

— É verdade. Suttung nunca foi dado à poesia quando éramos jovens. Eu era o poeta da família. Mas, desde que voltou com o hidromel dos anões, se tornou um poeta e um sonhador.

— Se eu trabalhar para você, plantar, construir e colher, e fizer o trabalho de seus servos mortos, gostaria de provar o hidromel de seu irmão, Suttung.

— Mas... — Baugi franziu a testa. — Ele não é meu, não posso oferecê-lo. É de Suttung.

— Que pena — retrucou Bolverkr. — Então lhe desejo boa sorte na colheita deste ano.

— Espere! Não é meu, é verdade. Mas, se você fizer o que diz, vou levá-lo até a fortaleza de meu irmão. E farei o possível para ajudá-lo a provar o hidromel.

— Então temos um acordo.

Nunca houve trabalhador mais dedicado que Bolverkr. Ele trabalhava a terra com mais afinco que vinte homens, que dirá nove servos. Sozinho, cuidava dos animais. Sozinho, fazia a colheita da safra. Trabalhou a terra, e a terra lhe pagou em dobro.

— Bolverkr — disse Baugi, quando as primeiras névoas do inverno desciam pela montanha. — Seu nome foi um erro. Você não fez nada além do bem.

— Fiz o trabalho de nove homens?

— Fez, e de mais nove.

— Então vai me ajudar a provar o hidromel de Suttung?

— Eu vou!

Na manhã seguinte, eles despertaram cedo e caminharam, caminharam e caminharam. À tarde, tinham deixado a terra de Baugi e chegado à de Suttung, na base das montanhas. À noite, chegaram ao grande salão do gigante.

— Saudações, irmão! Este é Bolverkr, meu servo durante o verão e meu amigo. — Baugi contou a Suttung sobre seu acordo com Bolverkr. — Por isso preciso lhe pedir que dê uma prova do hidromel da poesia a Bolverkr.

Os olhos de Suttung eram duros como lascas de gelo.

— Não — respondeu ele, sem rodeios.

— Não? — indagou Baugi.

— Não. Não abrirei mão de nem uma gota daquele hidromel. Nem uma única gota. Eu o mantenho em segurança em seus tonéis, Bodn e Son, e na caldeira Odrerir. Esses tonéis estão nas profundezas da montanha Hnitbjorg, que se abre apenas a meu comando. Minha filha, Gunnlod, as guarda. Seu servo não pode prová-lo. Você não pode prová-lo.

— Mas foi a compensação de sangue pela morte de nossos pais — retrucou Baugi. — Eu não mereço uma parte, para mostrar a Bolverkr, aqui, que sou um gigante honrado?

— Não — retrucou Suttung. — Não merece.

Os dois deixaram o salão.

Baugi estava inconsolável. Caminhava com os ombros curvados e os cantos da boca pendendo para baixo. A cada passo, ele pedia desculpas a Bolverkr.

— Eu não achei que meu irmão seria tão injusto.

— Ele é mesmo injusto — concordou Bolverkr, que era Odin disfarçado. — Mas você e eu podíamos pregar uma pequena peça nele, para que não fique se sentindo tão superior no futuro. Assim, na próxima vez, ele escutará o irmão.

— Podíamos mesmo fazer isso — disse o gigante Baugi, e se aprumou, e seus lábios formaram algo que quase lembrava um sorriso. — O que vamos fazer?

— Primeiro, vamos escalar Hnitbjorg, a montanha pulsante.

Juntos, os dois escalaram Hnitbjorg — o gigante à frente, e Bolverkr, parecendo um boneco em comparação, mas sem nunca ficar para trás. Seguiram as trilhas feitas pelos carneiros e pelas cabras das montanhas, então escalaram as rochas até o cume. As primeiras neves do inverno tinham caído sobre o gelo do inverno anterior que não derretera. Ouviram o vento que assoviava pela montanha. Ouviram os pios das aves bem abaixo. E ouviram outra coisa.

Era um som que lembrava muito a voz humana. Parecia vir das rochas, mas distante, como se viesse do interior da própria montanha.

— Que barulho é esse? — perguntou Bolverkr.

Baugi franziu a testa.

— Parece minha sobrinha, Gunnlod, cantando.

— Então vamos parar aqui.

Da bolsa de couro, Bolverkr tirou o trado chamado Rati.

— Aqui. Você é um gigante, é grande e forte. Por que não usa este trado para perfurar a encosta da montanha?

Baugi pegou o trado. Então o apoiou na encosta e começou a perfurar. A ponta penetrou a montanha como um parafuso em uma rolha macia. Baugi girou e girou, muitas e muitas vezes.

— Feito — anunciou o gigante, tirando o trado da pedra.

Bolverkr se debruçou sobre o buraco aberto e soprou lá dentro. Lascas e poeira das rochas voaram de volta para ele.

— Acabei de descobrir duas coisas — anunciou Bolverkr.

— O quê?

— Que ainda não perfuramos a montanha. Você precisa continuar o trabalho.

— Isso é uma coisa só — argumentou Baugi.

Mas Bolverkr não falou mais nada, parado naquela encosta elevada, onde os ventos congelantes os golpeavam com suas garras. Baugi empurrou o trado Rati no furo e começou a girá-lo outra vez.

Já estava ficando escuro quando o gigante puxou a furadeira do buraco.

— Agora atravessou a montanha — anunciou.

Bolverkr nada disse, apenas soprou delicadamente no interior do furo, e dessa vez viu as lascas de pedra serem levadas para dentro.

Enquanto soprava, estava ciente de que algo ia atacá-lo pelas costas. Então Bolverkr se transformou: virou uma cobra, e o trado afiado acertou o lugar onde antes estivera sua cabeça.

— A segunda coisa que descobri quando você mentiu para mim — sibilou a serpente para Baugi, que segurava Rati como uma arma, atônito — foi que me trairia.

E, com um movimento da cauda, a serpente desapareceu pelo buraco no interior da montanha.

Baugi atacou outra vez com o trado, mas a serpente já havia desaparecido. Ele arremessou Rati para longe com raiva e o ouviu cair ruidosamente nas rochas abaixo. Pensou em voltar para o salão de Suttung e contar ao irmão que ajudara a levar um mago poderoso até o alto de Hnitbjorg. E que, além disso, também o ajudara a penetrar na montanha. Imaginou a reação de Suttung.

Então, com os ombros curvados e uma carranca, Baugi desceu a montanha e voltou andando para casa, para sua própria lareira e seu próprio salão. Fosse lá o que aconteceria com o irmão ou com seu precioso hidromel, aquilo não era da conta *dele*.

Bolverkr, na forma de cobra, deslizou pelo furo na montanha até o fim do buraco, que se abria em uma enorme caverna.

A caverna era iluminada por cristais, que emitiam uma luz fria. Odin voltou à forma de homem, mas não qualquer homem: um homem enorme, do tamanho de um gigante, e bem-apessoado. Então avançou, seguindo o som da canção.

Gunnlod, a filha de Suttung, estava parada diante de uma porta trancada, atrás da qual ficavam os tonéis chamados Son e Bodn e a caldeira Odrerir. Ela carregava uma espada afiada e cantava sozinha, de pé ali.

— É um prazer, brava donzela! — cumprimentou Odin.

Gunnlod o encarou.

— Não sei quem você é. Diga seu nome, estranho, e me conte por que eu deveria deixá-lo viver. Sou Gunnlod, a guardiã desta caverna.

— Sou Bolverkr — disse Odin. — E mereço a morte, eu sei, por ousar vir a este lugar. Mas baixe a espada e me deixe olhar para você.

— Meu pai, Suttung, me nomeou guardiã do hidromel da poesia.

Bolverkr deu de ombros.

— Por que eu me importaria com o hidromel da poesia? Vim aqui apenas porque ouvi falar da beleza, da coragem e da virtude de Gunnlod, filha de Suttung. Eu disse a mim mesmo: "Se Gunnlod me deixar apenas olhar para ela, vai valer a pena. Isso se ela for tão bela quanto dizem as histórias, claro." Foi o que pensei.

Gunnlod encarava o belo gigante a sua frente.

— E valeu a pena, Bolverkr, que está prestes a morrer?

— Valeu muito mais. Você é ainda mais bela do que dá a entender qualquer história que já ouvi ou qualquer canção que bardos possam compor. Mais bela que o pico de uma montanha, mais bela que uma geleira, mais bela que um campo de neve ao amanhecer.

Gunnlod baixou os olhos, e seu rosto enrubesceu.

— Posso me sentar a seu lado? — perguntou Bolverkr. Gunnlod assentiu, sem dizer nada.

A gigante tinha comida e bebida ali, na montanha, e eles comeram e beberam.

Depois de comerem, os dois se beijaram suavemente na escuridão.

Após fazerem amor, Bolverkr comentou, tristonho:

— Gostaria de poder tomar um gole do hidromel do tonel chamado Son. Aí poderia compor uma verdadeira canção sobre seus olhos, e todos os homens a cantariam quando quisessem cantar sobre beleza.

— Só um gole? — perguntou a gigante.

— Um gole tão pequeno que ninguém nunca saberia. Mas não tenho pressa. Você é mais importante. Deixe-me mostrar quanto é importante para mim.

Ele a puxou para perto.

Os dois fizeram amor no escuro. Quando terminaram, já deitados enroscados, as peles nuas se tocando, entre sussurros e palavras doces, Bolverkr soltou um suspiro triste.

— Qual é o problema? — perguntou Gunnlod.

— Queria ter a habilidade de cantar sobre seus lábios, sobre como são macios e muito mais bonitos que os lábios de qualquer outra mulher. Acho que isso daria uma excelente canção.

— Isso é mesmo uma lástima — concordou Gunnlod. — Pois meus lábios são muito atraentes. É o meu ponto forte.

— Talvez, mas você tem tantos traços perfeitos que escolher o melhor é muito difícil. Porém, se eu pudesse provar o menor dos goles do tonel chamado Bodn, a poesia entraria em minha alma, e eu conseguiria compor um poema sobre seus lábios que duraria até o Sol ser devorado por um lobo.

— Mas só um *golinho*. Meu pai ficaria muito irritado se achasse que eu dei o hidromel dele para o primeiro estranho bonito que penetrou a solidez desta montanha.

Os dois caminharam pelas cavernas de mãos dadas, de vez em quando tocando os lábios. Gunnlod mostrou a Bolverkr as portas e as janelas que podia abrir de dentro da montanha, através das quais Suttung lhe mandava comida e bebida, mas Bolverkr pareceu não prestar atenção. Ele explicou que não estava interessado em nada que não tivesse relação com Gunnlod, seus olhos, seus lábios, seus dedos e seu cabelo. Gunnlod riu e respondeu que ele não podia estar falando aquelas belas palavras a sério, que ele obviamente não podia querer fazer amor com ela outra vez.

Bolverkr silenciou seus lábios com os dele, e os dois fizeram amor outra vez.

Quando os dois estavam perfeitamente satisfeitos, Bolverkr começou a chorar no escuro.

— O que há, meu amor? — perguntou Gunnlod, preocupada.

— Ah, me mate — respondeu Bolverkr, entre soluços. — Me mate agora mesmo! Eu jamais conseguirei compor um poema sobre a perfeição de seus cabelos e sua pele, sobre o som de sua voz, o toque de seus dedos. A beleza de Gunnlod é impossível de descrever.

— Bem, imagino que não deve ser fácil fazer um poema desses. Mas duvido que seja impossível.

— Talvez...

— Sim?

— Talvez um gole minúsculo da caldeira Odrerir me desse a habilidade lírica necessária para cantar sua beleza para as gerações futuras — sugeriu, parando de chorar.

— Sim, talvez... Mas teria que ser o gole mais *minúsculo* de todos...

— Mostre-me a caldeira, e vou lhe mostrar como é pequeno o gole que posso tomar.

Gunnlod destrancou a porta, e logo ela e Bolverkr estavam diante da caldeira e dos dois tonéis. O cheiro embriagante do hidromel da poesia pairava no ar.

— Só um golinho — alertou a gigante. — Pelos três poemas sobre mim que vão ecoar pelas eras.

— É claro, minha querida.

Bolverkr abriu um sorriso no escuro. Se Gunnlod tivesse olhado para ele, teria percebido que havia algo errado.

Com o primeiro gole, ele bebeu até a última gota da caldeira Odrerir.

Com o segundo, esvaziou o tonel chamado Bodn.

Com o terceiro, esvaziou o tonel chamado Son.

Gunnlod não era tola. Percebeu que tinha sido traída e atacou. A gigante era forte e rápida, mas Odin não ficou para lutar. Saiu correndo da caverna. Fechou a porta e trancou Gunnlod lá dentro.

Em um piscar de olhos, Odin se transformou em uma grande águia. Ele guinchou ao bater as asas, e os portões das montanhas se abriram, então Odin se alçou aos céus.

Os gritos de Gunnlod encheram o amanhecer.

Em seu salão, Suttung acordou e saiu correndo para fora. Olhou para cima e viu a águia, e soube o que devia ter acontecido. Então Suttung também se transformou em águia.

As duas águias voavam tão alto que, do chão, eram apenas pontos minúsculos no céu. Voavam tão rápido que seu voo parecia o rugido de um furacão.

Em Asgard, Thor anunciou:

— Chegou a hora.

Ele ergueu os três grandes barris de madeira e os levou para o pátio.

Os deuses observaram as águias gritando nos céus, seguindo na direção de Asgard. Estavam próximas. Suttung era rápido e estava logo atrás de Odin. Seu bico quase tocava as penas da cauda dele quando chegaram ao salão dos Aesir.

Odin começou a cuspir: uma fonte de hidromel jorrou de seu bico para os barris, enchendo um de cada vez. Era como uma ave levando alimento para seus filhotes.

Desde aquele tempo, sabemos que todos aqueles capazes de fazer magia com as palavras, de compor poemas e narrativas épicas, de tecer histórias, provaram do hidromel da poesia. Quando ouvimos um bom poeta, dizemos que ele provou do presente de Odin.

Aqui está. Esta é a história do hidromel da poesia e de como ele foi criado. É uma história cheia de desonra e mentiras, assassinatos e trapaças. Mas esta não é a história completa. Resta uma coisa a contar. Os mais delicados devem tapar os ouvidos, ou parar de ler.

Eis o último detalhe, e é uma confissão vergonhosa. Quando o Pai de Todos, em sua forma de águia, estava quase chegando aos barris, com Suttung logo atrás, Odin expeliu um pouco do hidromel pelo traseiro, soltando um peido molhado que jorrou hidromel fedorento bem no rosto de Suttung, cegando o gigante e tirando-o de seu encalço.

Ninguém, nem naquela época nem agora, quis beber o hidromel que saiu do traseiro de Odin. Mas sempre que você ouvir poetas ruins declamando sua péssima poesia, cheios de sorrisos tolos e rimas feias, vai saber que hidromel eles provaram.

THOR NA TERRA DOS GIGANTES

I

Thjálfi e sua irmã, Röskva, moravam com o pai, Egil, e a mãe em uma fazenda nos limites do território selvagem. Próximo à fazenda viviam monstros, gigantes e lobos, e Thjálfi muitas vezes se metia em apuros e precisava escapar correndo. Ele corria mais rápido que qualquer pessoa ou ser. Por morarem nos limites das terras selvagens, milagres e eventos estranhos eram comuns no mundo de Thjálfi e Röskva.

Entretanto, nada tão estranho quanto o dia em que dois visitantes de Asgard, Loki e Thor, chegaram à fazenda em uma carruagem puxada por duas cabras enormes, que Thor nomeara Rosnador e Rangedor. Os deuses solicitaram comida e hospedagem, e eram enormes e poderosos.

— Não temos alimento para seres como vocês — respondeu Röskva, desculpando-se. — Temos vegetais, mas foi um inverno difícil, e não nos sobrou nenhuma galinha.

Thor resmungou. Sacando a faca, ele matou as duas cabras. Depois esfolou os cadáveres. O deus do trovão jogou a carne no grande caldeirão de guisado pendurado acima do fogo enquanto Röskva e a mãe picavam o que havia sobrado dos vegetais e os jogavam no caldeirão.

Loki chamou Thjálfi em um canto. O garoto parecia intimidado pelos olhos verdes, pelas cicatrizes nos lábios e pelo sorriso de Loki.

— Você sabia — comentou o deus da trapaça — que o tutano dos ossos dessas cabras é a melhor coisa que um jovem da sua idade pode comer? É uma vergonha que Thor sempre fique com tudo. Se quiser crescer e ficar forte como ele, coma o tutano do osso das cabras.

Quando a comida ficou pronta, Thor pegou uma cabra inteira para si, deixando a carne da segunda cabra para os outros cinco.

O deus pôs as peles das cabras no chão e, enquanto comia, largava os ossos na pele da primeira cabra.

— Joguem seus ossos na outra pele — instruiu. — E não quebrem nem mastiguem nenhum deles. Comam apenas a carne.

Você acha que consegue comer rápido? Devia ter visto Loki devorando sua porção. Em um momento o prato cheio estava bem a sua frente, e, no segundo seguinte, havia sumido, e Loki limpava os lábios com as costas da mão.

Os outros comeram mais devagar. Thjálfi não conseguia parar de pensar no conselho de Loki. Então, quando Thor deixou a mesa para atender a um chamado da natureza, Thjálfi pegou a faca e a usou para quebrar um dos ossos da perna da cabra e comeu um pouco do tutano. O rapaz pôs o osso quebrado na pele da cabra e o cobriu com ossos inteiros, para que ninguém notasse.

Naquela noite, todos dormiram no salão.

Pela manhã, Thor cobriu os ossos com o couro. Ele pegou seu martelo, Mjölnir, e o levantou bem alto.

— Rosnador, fique inteiro! — ordenou o deus.

Após o clarão de um raio, a cabra se transformou, baliu e começou a pastar.

Thor disse:

— Rangedor, fique inteiro!

E Rangedor ficou. Avançou mancando com dificuldade na direção de Rosnador, então baliu alto, como se sentisse dor.

— Uma das pernas dele está quebrada — constatou Thor. — Tragam-me madeira e pano.

Ele fez uma tala para a cabra. Quando terminou, olhou para a família. Thjálfi achava que nunca vira nada tão assustador quanto os olhos injetados e flamejantes de Thor. O deus cerrou o punho, agarrando o cabo do martelo.

— Algum de vocês quebrou aquele osso — disse, com voz de trovão. — Eu lhes dei comida e, em troca, pedi uma única coisa. Ainda assim, fui traído.

— Fui eu — confessou Thjálfi. — Eu quebrei o osso.

Loki tentava ficar sério, mas não conseguiu evitar um sorrisinho. Não era um sorriso tranquilizador.

Thor ergueu o martelo.

— Eu deveria destruir esta fazenda inteira — murmurou, deixando Egil assustado e sua esposa aos prantos. — Digam: por que não devo transformar este lugar em ruínas?

Egil não respondeu. Thjálfi se levantou e disse:

— Isso não tem nada a ver com meu pai. Ele não sabia que fiz o que fiz. Castigue a mim, não a ele. Eu corro bem e aprendo rápido. Deixe meus pais em paz, e eu serei seu escravo.

Röskva se levantou e anunciou:

— Thjálfi não vai a lugar nenhum sem mim. Se decidir levar meu irmão, terá que levar nós dois.

Thor ponderou por um momento antes de responder:

— Muito bem. Por enquanto, Röskva, você vai ficar aqui e cuidar de minhas cabras enquanto a perna de Rangedor não fica boa. Quando voltar, levarei vocês três. — Então se voltou para Thjálfi. — Já você vem comigo e Loki. Vamos para Utgard.

II

O mundo depois da fazenda era uma terra selvagem, e Thor, Loki e Thjálfi viajaram para o leste, na direção de Jötunheim, o lar dos gigantes, e do mar.

Quanto mais avançavam, mais frio ficava. Ventos congelantes sopravam, drenando todo o calor de seus corpos. Pouco antes do pôr do sol, quando ainda havia luz suficiente para enxergar, os três procuraram abrigo para a noite. Thor e Thjálfi nada encontraram. Loki levou mais tempo na busca. E voltou com uma expressão intrigada.

— Tem uma casa estranha para aqueles lados — revelou.

— Estranha como? — perguntou Thor.

— É só um grande salão. Não tem janelas, e o portal é enorme, mas não há porta. Parece uma enorme caverna.

O vento frio tirava a sensibilidade dos dedos e açoitava o rosto dos três.

— Temos que ir lá olhar — disse Thor.

O salão ficava a uma boa distância.

— Pode haver feras ou monstros por lá — comentou o deus. — Vamos nos instalar perto da entrada.

E fizeram exatamente isso. Era bem como Loki tinha descrito: uma enorme construção, um grande salão com outro salão comprido de um dos lados. Eles acenderam uma fogueira perto da entrada e dormiram ali por cerca de uma hora, até acordarem com um barulho.

— O que foi isso? — indagou Thjálfi.

— Um terremoto? — sugeriu Thor.

O chão tremia. Eles ouviram um rugido. Pode ter sido um vulcão, uma avalanche enorme, ou uma centena de ursos furiosos.

— Acho que não — interveio Loki. — Vamos para o salão lateral. Por precaução.

Loki e Thjálfi dormiram no salão lateral, e o barulho de rugido-avalanche continuou até o amanhecer. Thor ficou posicionado diante da porta principal a noite inteira, segurando o martelo. Ele foi ficando mais irritadiço com o passar do tempo, só pensava em explorar e atacar fosse lá o que estivesse rugindo e sacudindo a terra. Assim que o céu começou a clarear, Thor deixou seus companheiros dormindo e adentrou a floresta em busca da origem do barulho.

Com o tempo, percebeu que eram sons diferentes que ocorriam em sequência. Primeiro, um rugido estrondoso, seguido de um zumbido, depois o que parecia um silvo mais delicado, agudo o suficiente para fazer a cabeça e os dentes de Thor doerem a cada vez que soava.

O deus chegou ao alto de uma colina e olhou para baixo.

Estendido no vale havia a maior pessoa que Thor já vira em toda a vida. O cabelo e a barba eram mais negros que carvão, e a pele tão branca quanto um campo de neve. Os olhos do gigante estavam fechados, e ele roncava: esse era o rugido, o zumbido e o silvo que Thor ouvia. Toda vez que o gigante roncava, o chão tremia. Era o abalo de terra que tinham sentido à noite. O gigante era tão grande que, em comparação, Thor podia ser um besouro ou uma formiga.

O deus levou a mão ao cinturão de força, Megingjord, e o apertou firme, dobrando sua força para se assegurar de que seria forte o bastante para enfrentar até mesmo o maior dos gigantes.

Enquanto observava, o gigante abriu os olhos — eram de um tom de azul gélido penetrante. O gigante, porém, não pareceu oferecer ameaça.

— Olá — cumprimentou Thor.

— Bom dia! — estrondou o gigante de cabelo negro, em uma voz que parecia uma avalanche. — Sou Skrymir. Significa "grandalhão". Meus colegas são sarcásticos, gostam de chamar um baixinho como eu de grande, mas o que posso fazer? Você viu minha luva? Eu tinha duas ontem à noite, mas deixei uma delas cair. — Ele ergueu as mãos: a direita estava coberta por uma grande luva de couro parecida com uma luva de forno. A outra estava nua. — Ah, achei!

O gigante esticou a mão até o outro lado do monte que Thor escalara e pegou o que obviamente era a outra luva.

— Estranho. Tem alguma coisa aqui dentro — comentou, sacudindo a luva.

Thor reconheceu o abrigo em que ficara na noite anterior, e Loki e Thjálfi caíram rolando da boca da luva e aterrissaram na neve abaixo.

Skrymir calçou a luva esquerda e olhou satisfeito para as mãos enluvadas.

— Podemos viajar juntos — sugeriu o gigante. — Se vocês quiserem.

Thor olhou para Loki, e Loki olhou para Thor, e os dois olharam para o jovem Thjálfi, que deu de ombros.

— Eu consigo acompanhar o ritmo — disse o rapaz, confiante em sua velocidade.

— Muito bem! — gritou Thor.

Eles tomaram o desjejum com o gigante, que sacava vacas e carneiros inteiros da bolsa e os devorava ruidosamente. Os três companheiros comiam menos. Depois da refeição, Skrymir disse:

— Posso carregar as provisões de vocês na minha bolsa. É menos peso para vocês, e podemos comer juntos quando acamparmos à noite.

O gigante guardou a comida dos três na bolsa, amarrou os cadarços e saiu andando para o leste.

Thor e Loki correram atrás dele no ritmo incansável dos deuses. Thjálfi corria mais rápido do que qualquer homem já correu, mas com o passar das horas até ele achou difícil acompanhar, e às vezes parecia que o gigante era só mais uma montanha ao longe, a cabeça perdida nas nuvens.

Alcançaram Skrymir ao entardecer. Ele montara acampamento sob um grande carvalho e arrumara um lugar confortável para si ali perto, repousando a cabeça em um enorme rochedo.

— Não estou com fome — anunciou. — Não se preocupem comigo. Vou dormir cedo. Suas provisões estão na minha bolsa, encostada na árvore. Boa noite.

O gigante começou a roncar. Os rugidos, zumbidos e silvos familiares abalaram as árvores, e Thjálfi escalou a bolsa de provisões do gigante. Ele chamou Thor e Loki, mais abaixo.

— Não consigo desamarrar. O nó é forte demais para mim. Poderia muito bem ser feito de ferro.

— Eu consigo dobrar ferro — retrucou Thor, então saltou até o alto da bolsa de provisões e começou a puxar as amarras.

— E então? — perguntou Loki.

Thor grunhia e puxava, puxava e grunhia. Até que deu de ombros.

— Acho que vamos ficar sem jantar esta noite — comentou. — A não ser que esse maldito gigante desamarre a bolsa para nós.

Ele olhou para o gigante. Depois olhou para Mjölnir, seu martelo. Então desceu da bolsa e foi até o topo da cabeça adormecida de Skrymir. Ergueu o martelo e golpeou a testa do gigante.

Skrymir abriu um olho, sonolento.

— Acho que uma folha caiu na minha testa e me acordou — comentou. — Vocês já acabaram de comer? Estão prontos para dormir? Não posso culpá-los se estiverem. Foi um longo dia.

Ele rolou para o lado, fechou os olhos e voltou a roncar.

Loki e Thjálfi conseguiram pegar no sono apesar do barulho, mas Thor não dormiu. Estava com raiva, com fome e não confiava naquele gigante que encontrara em meio às terras selvagens do leste. À meia-noite, continuava com fome e não aguentava mais o ronco de Skrymir. Voltou a escalar a cabeça do gigante e se posicionou entre suas sobrancelhas.

Thor cuspiu nas mãos. Ajustou o cinturão de força. Ergueu Mjölnir acima da cabeça. E golpeou com toda a força. Tinha certeza de que o martelo afundara na testa de Skrymir.

Estava escuro demais para ver a íris dos olhos do gigante, mas as pálpebras se abriram.

— Uau — comentou o sujeito enorme. — Thor? É você? Acho que caiu uma bolota de carvalho na minha cabeça. Que horas são?

— É meia-noite — respondeu Thor.

— Bem, então nos vemos de manhã.

Roncos gigantescos voltaram a abalar o chão e fazer tremer o topo das árvores.

Amanhecia, mas ainda não era dia, quando Thor, mais faminto, mais irritado e insone, resolveu dar o golpe que silenciaria aquele ronco para sempre. Dessa vez, mirou a têmpora do gigante e acertou Skrymir com toda a sua força. Nunca deu um golpe tão poderoso. Thor o ouviu ecoar pelas montanhas.

— Sabe — disse Skrymir —, acho que um ninho de passarinho caiu na minha cabeça. Gravetos... Algo assim. — Ele bocejou e se espreguiçou. Então se levantou. — Bom, já descansei o bastante. É hora de ir andando. Vocês três estão indo para Utgard? Vão cuidar bem de vocês, por lá. Posso garantir que terão um grande banquete e chifres de cerveja, depois lutas, corridas e disputas de força. Os habitantes de Utgard sabem se divertir. Fica no leste, é só seguir naquela direção, onde o céu já está iluminado. Quanto a mim, eu vou para o norte.

O gigante abriu um sorriso, revelando dentes da frente separados. O gesto teria parecido tolo e sem sentido se seus olhos não fossem tão azuis e penetrantes.

Então se inclinou para a frente e pôs a mão ao lado da boca, como se não quisesse ser ouvido — efeito anulado por seu sussurro, alto o suficiente para ensurdecer qualquer um.

— Não consegui evitar ouvir vocês há pouco, comentando como eu era grande. Suponho que seja um elogio. Mas se os três um dia forem para o norte, vão ver gigantes *de verdade*, sujeitos realmente grandes. E vão descobrir como na verdade sou bem baixinho.

Skrymir deu outro sorriso e saiu andando para o norte, e o chão trovejou sob seus pés.

III

Durante alguns dias, eles viajaram para o leste, cruzando Jötunheim, seguindo sempre na direção do sol nascente.

A princípio, achavam que o que viam era uma fortaleza de tamanho normal a uma distância relativamente curta, então apressaram o passo. Mas a fortaleza não aumentava, nem mudava ou parecia mais próxima. Com o passar dos dias, entenderam quão grande era a construção, e como estava distante.

— Ali fica Utgard? — perguntou Thjálfi.

Loki pareceu quase sério ao dizer:

— É. Foi de lá que veio a minha família.

— Você já visitou esse lugar?

— Não.

Os três caminharam até o portão da fortaleza sem ver ninguém. Ouviam o que parecia uma festa acontecendo no interior. O portão era mais alto do que o de muitas catedrais. Era coberto por barras de metal de um tamanho que teria mantido qualquer gigante indesejado a uma distância respeitável.

Thor gritou, mas ninguém respondeu ao chamado.

— Vamos entrar? — perguntou ele a Loki e Thjálfi.

Os três se abaixaram e passaram por baixo das barras do portão. Os viajantes cruzaram o pátio e adentraram o grande salão. Gigantes estavam sentados em bancos altos como copas de árvore. Thor entrou a passos largos. Thjálfi estava aterrorizado, mas caminhava ao lado de seu mestre, e Loki seguia atrás deles.

Viram o rei dos gigantes sentado na cadeira mais alta, no fundo do salão. Cruzaram o aposento e fizeram uma grande reverência.

O rei tinha o rosto estreito, olhar astuto e cabelo vermelho cor de fogo. Seus olhos eram de um azul gélido. Ele encarou os viajantes e ergueu uma sobrancelha.

— Minha nossa, uma invasão de bebês minúsculos. Não, estou enganado. *Você* deve ser o famoso Thor dos Aesir, o que significa que *você* deve ser Loki, filho de

Laufey. Conheci sua mãe, mas não éramos amigos. Olá, parente distante. Eu sou Utgardaloki, o Loki de Utgard. E você é?

— Thjálfi — respondeu Thjálfi. — Sou escravo de Thor.

— Sejam todos bem-vindos a Utgard — disse Utgardaloki. — O melhor lugar do mundo para todos os notáveis. Qualquer um superior a todos os outros no mundo em habilidade ou astúcia é bem-vindo aqui. Algum de vocês sabe fazer algo especial? Que tal você, pequeno parente? Qual é seu talento único?

— Consigo comer mais rápido que qualquer um — disse Loki, em um tom humilde.

— Que interessante. Eis aqui meu servo. O nome dele é, que ironia, Logi. Aceitaria entrar em uma competição de comida com ele?

Loki deu de ombros, como se a disputa lhe fosse indiferente.

Utgardaloki bateu palmas, e uma enorme travessa de madeira foi trazida para o salão, contendo todo tipo de animais assados: gansos, bois, carneiros, bodes, coelhos e veados. Quando ele bateu palmas outra vez, Loki começou a comer, iniciando na extremidade mais distante e seguindo para o interior do enorme prato.

Ele comeu com determinação, comeu como um louco, comeu como se só tivesse um objetivo na vida: comer tudo o que pudesse o mais rápido possível. Suas mãos e sua boca pareciam um borrão.

Logi e Loki se encontraram no centro da travessa.

Utgardaloki olhou do alto de seu trono.

— Bem, vocês dois comeram na mesma velocidade, nada mal! — constatou. — Mas Logi comeu os ossos. E, nossa, parece que também comeu a travessa de madeira em que os assados foram servidos. Loki comeu toda a carne, é verdade, mas mal tocou nos ossos, e nem começou com a travessa. Então a rodada vai para Logi.

Utgardaloki olhou para Thjálfi.

— Você, garoto, o que sabe fazer?

Thjálfi deu de ombros. Era a pessoa mais rápida de que já tinha ouvido falar. Podia ser mais rápido que coelhos assustados, mais rápido que um pássaro voando. Então disse apenas:

— Eu corro.

— Então correr é o que você fará.

Todos foram para o lado de fora da fortaleza, onde encontraram, em uma área plana de solo, uma pista perfeita para corrida. Vários gigantes estavam parados ao lado da pista, esfregando as mãos e soprando-as para aquecê-las.

— Você é apenas um garoto, Thjálfi — disse Utgardaloki. — Então não vou fazer com que corra contra um homem adulto. Onde está o pequeno Hugi?

Uma criança gigante se adiantou, tão magra que podia nem mesmo estar ali, e não muito maior que Loki ou Thor. A criança olhou para Utgardaloki e nada disse, mas sorriu. Thjálfi não sabia ao certo se o garoto *estava* ali antes de ser chamado, mas estava ali naquele momento.

Hugi e Thjálfi esperaram lado a lado na linha de partida.

— Já! — gritou Utgardaloki, em uma voz que retumbou como um trovão, e os garotos começaram a correr.

Thjálfi correu como nunca, mas viu Hugi tomar a dianteira e chegar à linha de chegada quando mal estava a meio caminho.

— A vitória é de Hugi — anunciou Utgardaloki. Então se agachou ao lado de Thjálfi. — Você vai ter que correr mais rápido se quiser derrotar Hugi. Mas, mesmo assim, nunca vi um humano correr tão bem. Corra mais rápido, Thjálfi.

O rapaz foi outra vez para o lado de Hugi na linha de partida. Thjálfi estava ofegante, o coração pulsando nos ouvidos. Sabia que correra muito rápido, mas ainda assim Hugi fora o vencedor — e o pequeno gigante não parecia nada cansado. Nem sequer respirava com dificuldade. Hugi olhou para Thjálfi e sorriu outra vez. Algo nele o lembrou Utgardaloki, e o rapaz se perguntou se a criança gigante era filho do rei dos gigantes.

— Já!

Eles correram. Thjálfi correu como nunca tinha corrido na vida, as pernas movendo-se tão rápido que era como se apenas ele e Hugi existissem no mundo. Mas Hugi manteve a dianteira por todo o percurso. A criança gigante cruzou a linha de chegada quando Thjálfi estava a cinco, talvez dez segundos de distância.

Thjálfi sabia que estivera muito perto de vencer daquela vez, e sabia que, se desse tudo de si na próxima, podia ganhar.

— Vamos correr outra vez — pediu, arfando.

— Muito bem — concordou Utgardaloki. — Pode correr outra vez. Você é rápido, meu rapaz, mas acredito que seja impossível vencer. Mesmo assim vamos deixar que a corrida final decida o resultado.

Hugi foi até a linha de partida. Thjálfi parou a seu lado. Não conseguia nem ouvir a respiração do gigante.

— Boa sorte — disse Thjálfi.

— Desta vez você vai me ver correr mesmo — anunciou Hugi, com uma voz que parecia soar na mente de Thjálfi.

— Já! — gritou Utgardaloki.

Thjálfi correu como nenhum homem vivo jamais correra. Correu como um falcão-peregrino mergulha para capturar a caça, correu como o vento de uma tempestade, correu como Thjálfi, e ninguém nunca correu como Thjálfi, nem antes, nem depois.

Mas Hugi tomou a dianteira sem dificuldade, movendo-se mais rápido que nunca. Antes que Thjálfi chegasse à metade da pista, Hugi cruzara a linha de chegada e começara a fazer o caminho de volta.

— Chega! — exclamou Utgardaloki.

Eles voltaram para o grande salão. O clima entre os gigantes estava mais relaxado, mais jovial. O rei dos gigantes se pronunciou:

— Ah, bem, o fracasso desses dois talvez seja compreensível. Mas agora... Ah, agora veremos algo que nos deixará impressionados. Agora é a vez de Thor, o deus do trovão, o mais poderoso dos heróis. Thor, cujas façanhas são cantadas pelos nove mundos. Deuses e mortais contam histórias sobre seus feitos. Vai nos mostrar o que pode fazer?

Thor o encarou.

— Para começar, posso beber. Não há bebida que eu não consiga tomar até o fim.

Utgardaloki pensou um pouco.

— Claro. Onde está o portador dos meus copos? — O gigante se apresentou. — Traga meu chifre especial.

O portador dos copos assentiu e saiu, voltando momentos depois com um chifre comprido. Era mais comprido que qualquer chifre que Thor já vira, mas ele não se preocupou. Afinal, era Thor, e não havia chifre de bebida que ele não fosse capaz de esvaziar. Runas e padrões haviam sido gravados na lateral do chifre, e o bocal era feito de prata.

— É o chifre de beber deste castelo — explicou Utgardaloki. — Todos daqui já o esvaziaram, cada um a seu tempo. Os mais fortes e poderosos de nós o bebem de uma só vez. Alguns, admito, precisam de duas visitas ao bocal. Tenho orgulho de anunciar que não há ninguém neste salão tão fraco e decepcionante que tenha precisado de três.

Era um chifre comprido, mas Thor era Thor, então levou o chifre cheio aos lábios e começou a beber. A cerveja dos gigantes era fria e salgada, mas ele bebeu, drenando o chifre, engolindo até perder o fôlego.

Esperava ver o chifre vazio, mas continuava tão cheio, ou quase tão cheio, quanto quando ele começara.

— Fui levado a crer que você era melhor nisso — comentou Utgardaloki, em um tom seco. — Ainda assim, sei que pode terminá-lo em um segundo gole, como todos aqui.

Thor respirou fundo e levou os lábios ao chifre, então bebeu profundamente, e bebeu bem. Sabia que devia ter esvaziado o chifre daquela vez, mas, ainda assim, quando tirou o chifre dos lábios, o nível do líquido só diminuíra um dedo.

Os gigantes olharam para Thor e começaram a zombar, mas o deus do trovão os encarou, então eles fizeram silêncio.

— Ah, então os feitos do poderoso Thor são apenas histórias — comentou Utgardaloki. — Bem, mesmo assim, vamos permitir que você termine o chifre na terceira tentativa. Não deve restar muito aí dentro, afinal.

Thor levou o chifre aos lábios e bebeu, bebeu como um deus bebe, bebeu por tanto tempo e tão profundamente que Loki e Thjálfi ficaram só olhando, impressionados.

Mas, quando baixou o chifre, a cerveja tinha descido só mais um dedo.

— Para mim, chega! — anunciou Thor. — Não estou convencido de que isso seja apenas um pouquinho de cerveja.

Utgardaloki fez com que o portador dos copos levasse o chifre embora.

— É hora de um teste de força. Você consegue levantar um gato? — perguntou o rei dos gigantes.

— Que pergunta é essa? É claro que consigo levantar um gato — retrucou Thor.

— Bem, todos vimos que você não é tão forte quanto pensávamos. Os jovens de Utgard testam sua força erguendo minha gata. Mas preciso alertá-lo: você é menor que qualquer um de nós aqui, e minha gata é uma gata gigante, então será compreensível se você não conseguir.

— Vou levantar seu gato.

— Ela deve estar dormindo junto ao fogo — disse Utgardaloki. — Vamos lá.

A gata estava mesmo dormindo, mas despertou quando eles entraram no aposento. Era cinza e do tamanho de um homem, mas Thor era mais poderoso que qualquer homem, e envolveu a barriga do animal com as mãos e tentou levantá-lo, decidido a erguê-lo bem acima da cabeça. A gata não pareceu impressionada: arqueou as costas, se esticando, e forçou Thor a se esticar ao máximo.

Thor não seria derrotado naquela simples brincadeira de levantar um gato. Ele empurrou e fez força, e, depois de algum tempo, uma das patas do gato foi erguida do chão.

Thor, Thjálfi e Loki ouviram um ruído ao longe, como de rochas enormes colidindo: o trovejar de dor de montanhas enormes.

— Basta — disse Utgardaloki. — Não é culpa sua não conseguir levantar meu gato, Thor. É um gato grande, e você é, na melhor das hipóteses, um sujeitinho mirrado em comparação a qualquer um de nossos gigantes.

O rei sorriu.

— Sujeitinho mirrado? — repetiu Thor. — Ora, posso lutar contra qualquer um de vocês...

— Depois do que vimos aqui, acho que eu seria um péssimo anfitrião se deixasse você lutar contra um gigante de verdade. Você pode se machucar. E acredito que nenhum de meus homens lutaria contra alguém que não consegue esvaziar meu chifre de beber, que não conseguiu nem erguer minha gata! Mas vou lhe dizer o que podemos fazer. Se quer lutar, vou deixar que lute contra minha velha mãe de criação.

— Sua mãe de criação?

Thor estava incrédulo.

— Ela é velha, é verdade. Mas foi quem me ensinou a lutar, muito tempo atrás, e duvido que tenha esquecido como se faz. Ela está encolhida pela idade, então a altura é próxima da sua. E está acostumada a brincar com crianças. — Então, reparando na expressão no rosto de Thor, o rei dos gigantes completou: — O nome dela é Elli, e já a vi derrotar homens que pareciam mais fortes que você. Não fique confiante demais, Thor.

— Eu preferia lutar contra um de seus homens. Mas vou lutar com sua velha ama.

Mandaram chamar a velha, e ela veio: tão frágil, tão pálida, tão encarquilhada e enrugada que parecia prestes a ser levada pela brisa. Era uma gigante, é verdade, mas era só um pouco mais alta que Thor. Tinha cabelo fino e ralo na cabeça envelhecida. Thor se perguntou quantos anos aquela mulher teria. Parecia mais velha que qualquer um que ele já tivesse encontrado. Não queria machucá-la.

Os dois se posicionaram. O primeiro a derrubar o outro ganharia. Thor empurrou a velha e a puxou, tentou movê-la, derrubá-la, forçá-la para baixo, mas era como se a velha fosse feita de rocha. Ela o encarava o tempo inteiro com seus olhos velhos sem cor, sem nada dizer.

Então a velha estendeu a mão e tocou Thor com delicadeza na perna. O deus sentiu a perna perder a firmeza no lugar onde ela o tocara e a empurrou para se afastar, mas a velha o envolveu com os braços e o forçou para o chão. Thor resistiu com toda a força que tinha, mas foi inútil, e o deus logo se viu forçado a dobrar um joelho...

— Pare! — gritou Utgardaloki. — Já vimos o suficiente, poderoso Thor. Você não consegue nem derrotar minha velha mãe de criação. Acho que nenhum de meus homens vai querer lutar contra você.

Thor olhou para Loki, e os dois olharam para Thjálfi. Estavam sentados ao lado de uma grande fogueira, e os gigantes os receberam com hospitalidade — a comida era boa, e o vinho era menos salgado que a cerveja do gigantesco chifre de beber —, mas falavam menos do que o habitual para uma festa.

Os três estavam quietos e se sentiam desconfortáveis e humilhados pela derrota.

Deixaram a fortaleza de Utgard ao amanhecer, e o próprio rei dos gigantes caminhou a seu lado quando partiram.

— E então? Gostaram da estadia em meu lar?

Os três o encararam com tristeza.

— Não muito — respondeu Thor. — Sempre me orgulhei de ser poderoso, mas agora me sinto um nada, um ninguém.

— Achei que eu corria rápido... — comentou Thjálfi.

— E eu nunca fui derrotado em uma competição de comida — completou Loki.

Eles passaram pelos portões que marcavam o fim da fortaleza de Utgardaloki.

— Sabem — começou o gigante —, não é que vocês sejam ninguém. E nem que sejam nada. Honestamente, se na noite passada eu soubesse o que sei hoje, nunca os teria convidado para meu lar. E vou tomar o cuidado de me assegurar que vocês nunca mais sejam convidados. Sabem, eu enganei vocês, todos vocês, com ilusões.

Os viajantes encararam o gigante, que abriu um sorriso para eles.

— Vocês se lembram de Skrymir?

— O gigante? É claro.

— Era eu. Usei uma ilusão para me tornar grande daquele jeito e mudar minha aparência. Os cadarços da bolsa de provisões eram atados com arame de ferro inquebrável e só podiam ser desamarrados com magia. Quando você me acertou com o martelo, Thor... Bem, enquanto eu fingia dormir, sabia que até o mais leve de seus golpes seria minha morte, então usei magia para pegar uma montanha e colocá-la invisível entre o martelo e minha cabeça. Olhe lá.

Ao longe, viram uma montanha com vales fundos ao longo da superfície. Três vales quadrados, o último mais fundo que todos.

— Aquela foi a montanha que usei — explicou Utgardaloki. — Aqueles vales são seus golpes.

Thor não respondeu, mas seus lábios se comprimiram, as narinas se dilataram, e a barba ruiva coçou.

— Quero saber sobre ontem à noite, no castelo — pediu Loki. — Aquilo também foi ilusão?

— Claro que foi. Já viram um incêndio na mata avançando vale abaixo, queimando tudo em seu caminho? Você acha que come rápido, Loki, mas nunca comerá tão rápido quanto Logi, pois Logi é a encarnação do fogo, e devorou a comida e a travessa com suas chamas. Nunca vi ninguém que comesse tão rápido quanto você.

Os olhos verdes de Loki brilharam de raiva e admiração. (Ele adorava tanto um bom truque quanto detestava ser enganado.)

Utgardaloki virou-se para Thjálfi.

— Quão rápido você consegue pensar, garoto? Consegue pensar mais rápido do que é capaz de correr?

— Claro. Consigo pensar mais rápido do que qualquer coisa.

— E foi por isso que eu o fiz correr contra Hugi, que é o pensamento. Não importa a velocidade com que você corra, e nunca nenhum de nós viu alguém correr como você, Thjálfi, mas é impossível ser mais rápido que o pensamento.

Thjálfi não respondeu. Queria dizer alguma coisa, protestar ou fazer mais perguntas, mas Thor se pronunciou, em um ribombar baixo como um trovão ecoando em uma montanha distante.

— E eu? O que eu realmente fiz noite passada?

Utgardaloki não estava mais sorrindo.

— Um milagre. Você fez o impossível. Você não percebeu, mas a ponta do chifre estava na parte mais funda do oceano. Você bebeu o suficiente para reduzir o nível do mar, para provocar marés. Por sua causa, Thor, a água do mar vai subir e baixar para sempre. Fiquei aliviado quando você não tentou tomar um quarto gole: poderia ter secado o oceano.

"O gato que tentou erguer não era um gato. Era Jörmungund, a serpente de Midgard, a cobra que envolve o centro do mundo. É impossível levantar a serpente de Midgard, mas ainda assim você o fez, a ponto de afrouxar uma de suas voltas quando ergueu a pata do chão. Lembram-se do ruído que ouvimos? Aquele foi o som da terra se movendo.

— E a velha? — perguntou Thor. — Sua velha ama? O que ela era? — Sua voz estava bem tranquila, mas ele segurava o cabo do martelo.

— Aquela era Elli, a velhice. Ninguém pode vencer a velhice, porque, no fim, ela derrota todos nós, deixa-nos cada vez mais fracos até fechar nossos olhos para sempre. Todos nós, menos você, Thor. Você lutou contra a velhice, e todos ficamos maravilhados por você ter permanecido de pé. Mesmo quando ela estava com a vantagem, você apenas dobrou um joelho. Nunca vimos nada como o que aconteceu ontem à noite, Thor. *Nunca*.

"E, agora que vimos seu poder, sabemos como fomos tolos em deixar que chegassem a Utgard. Planejo defender minha fortaleza no futuro, e o melhor modo de defendê-la é me assegurar de que nenhum de vocês jamais encontre Utgard, ou a veja, outra vez. Quero ter certeza de que, aconteça o que acontecer nos dias vindouros, nenhum de vocês jamais retornará.

Thor ergueu o martelo bem acima da cabeça, mas, antes que pudesse dar o golpe, Utgardaloki desapareceu.

— Vejam! — disse Thjálfi.

A fortaleza tinha sumido. Não havia traço do baluarte de Utgard nem do local onde ele ficava. Os três viajantes estavam parados em uma planície de gelo desolada, sem nenhum sinal de qualquer tipo de vida.

— Vamos para casa — disse Loki. E completou: — Foi tudo muito bem-feito. Ilusões brilhantemente aplicadas. Acho que todos nós aprendemos uma lição hoje.

— Vou contar à minha irmã que corri contra o pensamento — comentou Thjálfi. — E vou contar a Röskva que corri bem.

Mas Thor não respondeu. Estava pensando na noite anterior, em como lutara contra a velhice e bebera o mar. Estava pensando na serpente de Midgard.

AS MAÇÃS DA IMORTALIDADE

I

Esta foi outra ocasião em que três dos deuses exploravam as montanhas nos limites de Jötunheim, lar dos gigantes. Dessa vez, eram Thor, Loki e Hoenir. (Hoenir era um deus velho. Responsável por dar aos humanos o dom da razão.)

Era difícil encontrar o que comer naquelas montanhas, e os três deuses já estavam com fome, e ficavam cada vez mais famintos.

Os três ouviram um barulho — um mugido distante de gado — e se entreolharam, sorrindo o sorriso de homens famintos que sabiam que poderiam jantar aquela noite. Desceram até um vale verde, um lugar cheio de vida, onde carvalhos enormes e pinheiros altos bordejavam campinas e riachos. Ali, viram um rebanho de gado, os bichos enormes e gordos por causa do capim do vale.

Os deuses cavaram um buraco e dentro dele acenderam uma fogueira. Mataram um boi e o enterraram na cama de carvões em brasa. Depois, esperaram a carne ficar pronta.

Abriram o buraco, mas a carne ainda estava crua e sangrenta.

Então acenderam a fogueira de novo. Mais uma vez, esperaram. Mais uma vez, o calor do fogo não tinha sequer aquecido a carne.

— Vocês ouviram alguma coisa? — perguntou Thor.

— O quê? — indagou Hoenir. — Não ouvi nada.

— Eu ouvi também — disse Loki. — Prestem atenção.

Eles prestaram, e o som era inconfundível. Em algum lugar, alguém ria deles, uma risada escandalosa e divertida.

Os três deuses olharam ao redor, mas não havia mais ninguém no vale, só eles e o gado.

Então Loki olhou para cima.

No galho mais alto da maior árvore, viu uma águia. Era a maior águia que os três já tinham encontrado, uma águia gigante, e era ela quem ria deles.

— Você sabe por que o fogo não quer cozinhar nosso jantar? — perguntou Thor.

— Talvez eu saiba — respondeu a águia. — Nossa, vocês parecem mesmo famintos. Por que não comem a carne crua? É assim que as águias comem. Arrancamos nacos com nossos bicos afiados. Mas vocês não têm bicos, não é mesmo?

— Estamos com fome — declarou Hoenir. — Você pode nos ajudar a cozinhar nosso jantar?

— Pelo que posso ver, alguma magia nesse seu fogo está sugando o calor e o poder das chamas. Se vocês prometerem me dar um pouco da carne, eu devolvo o poder ao fogo.

— Prometemos — concordou Loki. — Você pode pegar sua porção assim que houver carne cozida suficiente para todos.

A águia sobrevoou a campina, batendo as asas e gerando rajadas de vento tão poderosas que os carvões no buraco brilharam e se avivaram, e os deuses tiveram que se segurar uns nos outros para evitar serem carregados pela força do vento. Então a ave retornou ao poleiro na árvore alta.

Dessa vez, os três estavam mais esperançosos ao enterrar a carne no buraco com o fogo, e esperaram. Era verão, época em que o sol quase não se põe nas terras do norte e o dia dura para sempre — então já era tarde da noite, mas ainda parecia dia quando abriram o buraco e foram recebidos pelo cheiro glorioso de carne cozida, macia e pronta para suas facas e seus dentes.

Quando o buraco foi aberto, a águia mergulhou do céu e, com suas garras, se apossou dos dois quartos traseiros do boi, junto com um quarto dianteiro, e começou a despedaçá-los com seu bico voraz. Loki ficou furioso, vendo grande parte do jantar prestes a ser devorado, e atacou a águia com sua lança, na esperança de que ela largasse a comida roubada.

A águia bateu as asas com força, criando um vendaval tão forte que quase derrubou os deuses, e deixou a carne cair. Loki não teve tempo para saborear seu triunfo: reparou que a lança agora estava colada à grande ave. Quando a águia levantou voo, levou-a junto.

Loki queria soltar a lança, mas as mãos estavam presas ao cabo. Não tinha como se soltar.

A ave voava baixo, de forma que os pés de Loki se arrastavam por pedras e cascalho, pela encosta das montanhas e pelas copas das árvores. Havia magia em ação ali, e era uma magia mais poderosa do que qualquer coisa que Loki pudesse controlar.

— Por favor! — gritou. — Pare! Você vai arrancar meus braços. Minhas botas já estão destruídas. Você vai me matar!

A águia pairou sobre a encosta de uma montanha, descrevendo círculos suaves em seu voo, e havia apenas o ar frio entre eles e o chão.

— Talvez eu mate mesmo você — comentou.

— Faço o que você quiser para não morrer — pediu Loki, ofegante. — Qualquer coisa. Por favor.

— Eu quero Iduna. E suas maçãs. As maçãs da imortalidade.

Loki estava pendurado no ar. Era um longo caminho até o chão.

Iduna era casada com Bragi, o deus da poesia, e era doce, gentil e boa. Ela sempre carregava uma caixa feita de madeira de freixo que continha maçãs douradas. Quando os deuses começavam a sentir o toque da idade salpicando gelo em seu cabelo ou fazendo doer suas juntas, procuravam Iduna. Ela abria a caixa e permitia que comessem uma única maçã. Enquanto a comiam, a juventude e a força voltavam a eles. Sem as maçãs de Iduna, os deuses mal seriam deuses...

— Você está muito calado — comentou a águia. — Acho que vou arrastá-lo por mais algumas pedras e cumes de montanhas. Dessa vez, talvez o arraste por algum rio profundo.

— Vou trazer as maçãs para você — prometeu Loki. — Eu juro. Só me deixe no chão.

A águia não respondeu, mas, com um leve movimento de uma das asas, começou a descer até uma campina verde, de onde se erguia a fumaça de uma fogueira. Ela desceu voando até onde Thor e Hoenir estavam de pé, boquiabertos, olhando para os dois lá no alto. Quando a águia passou acima do fogo, Loki percebeu que começara a cair, ainda agarrado à lança, e rolou pelo capim. Com um grito, a águia bateu as asas e subiu bem acima dos três, e em pouco tempo tinha virado um pontinho no céu.

— Queria saber por que ela fez isso — comentou Thor.

— Quem é que pode saber? — retrucou Loki.

— Guardamos um pouco de comida para você — disse Hoenir.

Loki tinha perdido o apetite, o que seus amigos atribuíram ao passeio aéreo.

E nada de interessante ou fora do comum aconteceu no caminho de volta para Asgard.

II

No dia seguinte, Iduna estava caminhando por Asgard, cumprimentando os deuses, examinando seus rostos para descobrir se algum deles começava a envelhecer. Ela passou por Loki. Em geral, Loki a ignorava, mas, naquela manhã, sorriu para ela e a cumprimentou.

— Iduna! Como é bom ver você! Sinto a idade se abater sobre mim. Preciso provar uma de suas maçãs.

— Mas você não parece envelhecido, Loki — retrucou a deusa.

— Eu escondo isso muito bem. Ah! Minhas costas doem. A velhice é terrível, Iduna.

A deusa abriu a caixa de freixo e ofereceu uma maçã dourada a Loki.

Ele a comeu com entusiasmo, devorando-a com sementes e tudo. Então fez uma careta.

— Ó, céus! Nossa, achei que você tivesse... Bem, maçãs melhores.

— Que comentário peculiar — observou Iduna. Suas maçãs nunca tinham sido recebidas daquele jeito. Em geral, os deuses só falavam da perfeição do sabor e de como era bom se sentir jovem outra vez. — Loki, elas são as maçãs dos deuses. As maçãs da imortalidade.

Loki não pareceu convencido.

— Podem até ser. Mas quando estive na floresta vi maçãs melhores que as suas, e sob todos os aspectos. Eram mais bonitas, mais perfumadas e mais saborosas do que estas. Acho que também eram maçãs da imortalidade. Talvez um tipo de imortalidade melhor do que a que você oferece.

Loki reparou nas expressões que se alternavam depressa no rosto de Iduna: descrença, perplexidade e preocupação.

— Estas são as únicas maçãs do tipo que existem — alegou a deusa.

Loki deu de ombros.

— Só estou relatando o que vi.

Iduna caminhava a seu lado.

— Onde estão essas maçãs?

— Logo ali. Não tenho certeza se consigo lhe explicar o caminho até lá, mas posso guiá-la pela floresta. Não é uma caminhada longa.

A deusa assentiu.

— Mas, quando encontrarmos a macieira, como é que vamos comparar aquelas maçãs com as que estão na sua caixa de freixo aqui em Asgard? Quer dizer, eu até posso falar: "São melhores que suas maçãs." Mas aí você diria: "Que bobagem, Loki, essas frutas são murchas e farinhentas em comparação com as minhas", e aí como teríamos certeza?

— Não seja tolo — retrucou Iduna. — Vou levar minhas maçãs. Vamos poder compará-las.

— Ah. Que ideia inteligente. Bem, então vamos.

Loki a conduziu para a floresta. Iduna segurava firme a caixa de freixo com as maçãs da imortalidade.

Depois de meia hora de caminhada, a deusa disse:

— Loki, estou começando a desconfiar que não existe maçã nenhuma, nem macieira nenhuma.

— Mas que indelicado e ofensivo de sua parte — reclamou Loki. — A macieira fica logo ali, no topo daquela colina.

Eles foram até o topo da colina.

— Não tem macieira nenhuma aqui — constatou Iduna.

— Só aquele pinheiro alto, com a águia empoleirada.

— Aquilo é uma águia? — perguntou Loki. — É muito grande.

Como se estivesse ouvindo o tempo todo, a águia abriu as asas e mergulhou do pinheiro.

— Não sou águia coisa nenhuma — disse a águia. — Sou o gigante Thiazi em forma de águia, e vim aqui reclamar a bela Iduna. Você fará companhia à minha filha, Skadi. E talvez aprenda a me amar. Mas, aconteça o que acontecer, o tempo e a imortalidade estão esgotados para os deuses de Asgard. Assim o declaro! Assim declara Thiazi!

O gigante capturou Iduna com uma das patas de garras afiadas, pegou a caixa de freixo de maçãs com a outra, subiu aos céus acima de Asgard e desapareceu.

— Então era ele — comentou Loki, para si mesmo. — Sabia que não era uma águia comum.

E voltou para Asgard com a vaga esperança de que ninguém percebesse que Iduna e suas maçãs tinham desaparecido. Ou que, se percebessem, demorassem a ligar seu desaparecimento ao passeio dos dois à floresta.

III

— Você foi o último a ver Iduna — declarou Thor, esfregando os nós dos dedos da mão direita.

— Não, não fui — retrucou Loki. — Por que você diria uma coisa dessas?

— E você foi o único que não ficou *velho*, como o resto de nós — completou Thor.

— Estou velho, mas tenho sorte. A velhice me cai bem.

Thor resmungou, nada convencido. Sua barba ruiva estava branca como a neve, com poucos pelos ruivos pálidos, tal e qual um fogo orgulhoso se transforma em cinzas brancas.

— Bata nele outra vez — sugeriu Freya. Seu cabelo longo estava grisalho, e as rugas de seu rosto eram sulcos profundos e cheios de preocupação. A deusa continuava bela, mas era a beleza envelhecida, não a de uma donzela de cabelo cor de ouro. — Ele sabe onde Iduna está. E sabe onde as maçãs estão.

O colar Brisingamen ainda pendia de seu pescoço, mas estava sem viço, sem brilho e embaçado.

Odin, o pai dos deuses, agarrava-se ao seu cajado com dedos nodosos e retorcidos pela artrite, com veias azuladas. Sua voz, sempre rimbombante e imponente, estava rouca e fraca.

— Não bata nele, Thor — ordenou em sua voz envelhecida.

— Viu? Eu sabia que pelo menos você seria razoável, Pai de Todos — disse Loki. — Eu não tive nada a ver com isso! Por que Iduna teria ido comigo a qualquer lugar que fosse? Ela nem gostava de mim!

— Não bata nele — repetiu Odin, e encarou Loki com seu único olho, agora de um cinza glauco. — Preciso dele inteiro e intacto para a tortura. Já estão aquecendo as brasas, afiando as lâminas e recolhendo as pedras. Podemos ser velhos, mas sabemos torturar e matar tão bem quanto quando o fazíamos na flor da idade e tínhamos as maçãs de Iduna para nos manter jovens.

O cheiro de carvão em brasa chegou às narinas de Loki.

— Se... — começou ele. — Se por acaso eu conseguisse descobrir o que aconteceu com Iduna, e se desse um jeito de trazê-la junto com as maçãs de volta para Asgard em segurança, será que podíamos esquecer essa história toda de tortura e morte?

— É sua única chance de continuar vivo — retrucou Odin, com uma voz tão velha e rouca que Loki não sabia dizer se era a voz de um velho ou de uma velha. — Traga Iduna de volta para Asgard. E as maçãs da imortalidade.

Loki assentiu.

— Soltem essas correntes — pediu. — Vou fazer isso. Mas vou precisar da capa de penas de falcão de Freya.

— Minha capa? — perguntou Freya.

— Temo que sim.

Freya saiu andando a passos rígidos e voltou com uma capa feita de penas de falcão. As correntes de Loki foram soltas, e ele pegou a capa.

— Não vá pensando que pode ir embora e nunca mais voltar — avisou Thor, esfregando a barba branca ameaçadoramente. — Posso estar velho, mas, se você não voltar, vou caçá-lo, mesmo velho como estou, vou encontrá-lo onde quer que você se esconda, e meu martelo e eu seremos sua morte. Pois eu ainda sou Thor! E ainda sou forte!

— E ainda é extremamente irritante — retrucou Loki. — Poupe seu fôlego, e use sua força para fazer uma pilha de lascas de madeira além dos muros de Asgard. Uma pilha enorme de lascas de madeira. Você vai ter que derrubar muitas árvores e picá-las em lascas finas. Vou precisar de uma pilha comprida e alta bem junto ao muro, então é melhor começar agora.

Ele envolveu o corpo com a capa e assumiu a forma de falcão, batendo as asas e voando mais rápido até que uma águia. Ele desapareceu a caminho do norte, na direção das terras dos gigantes do gelo.

IV

Loki voou sem parar para descansar em sua forma de falcão, até, já bem embrenhado nas terras dos gigantes do gelo, chegar à fortaleza de Thiazi. Lá, ele se empoleirou no telhado alto para observar tudo o que se passava abaixo.

Loki viu Thiazi, em sua forma de gigante, sair andando a passos pesados de sua fortaleza e atravessar a praia de cascalho até um barco a remo maior que a maior das baleias. Thiazi puxou o barco pela proa até as águas congelantes do oceano norte e avançou mar adentro com grandes remadas. E logo sumiu de vista.

Foi então que Loki, ainda como falcão, voou ao redor da fortaleza, espiando o interior de cada janela. No quarto mais distante, por uma janela com grades, viu Iduna, sentada, aos prantos, e se empoleirou ali.

— Pare de chorar! Sou eu, Loki, e vim aqui resgatá-la!

Iduna encarou o deus da trapaça com os olhos vermelhos de tanto chorar.

— Você é a fonte de todos os meus problemas!

— Bem, isso pode até ser. Mas foi há muito tempo. Isso foi o Loki de ontem. O Loki de hoje está aqui para salvá-la e levá-la de volta para casa.

— Como?

— Você ainda está com as maçãs?

— Eu sou uma deusa Aesir. Onde quer que eu esteja, as maçãs também estão.

Iduna lhe mostrou a caixa com as maçãs.

— Isso facilita as coisas — comentou Loki. — Feche os olhos.

A deusa fechou os olhos, e ele a transformou em uma avelã ainda grudada na casca verde. Loki fechou as garras em torno da avelã, bateu as asas, passou por entre as barras da janela e começou a viagem de volta para casa.

Thiazi tinha tido um péssimo dia de pescaria. Nenhum peixe mordia a isca. Ele decidiu que usaria melhor seu tempo voltando para sua fortaleza para cortejar Iduna. Iria provocá-la contando como, sem ela e suas maçãs, todos os deuses estavam frágeis e debilitados — velhotes babões, incapazes e trêmulos, com o pensamento lento e a mente e o corpo aleijados. Ele remou de volta para a fortaleza e se apressou até o aposento de Iduna.

Estava vazio.

Thiazi notou uma pena de falcão no chão. Naquele momento, soube onde Iduna estava e quem a levara.

O gigante alçou voo na forma de uma águia ainda maior e mais poderosa que qualquer outra em que já se transformara e avançou em um voo rápido, cada vez mais rápido, na direção de Asgard.

O mundo passava abaixo dele. O vento soprava a sua volta. O gigante foi ainda mais rápido, tão rápido que o próprio ar trovejava com o som de sua passagem.

Thiazi continuou voando. Deixou a terra dos gigantes e adentrou a terra dos deuses. Quando viu um falcão à frente, soltou um grito de fúria e aumentou a velocidade.

Os deuses de Asgard ouviram o guincho e o ribombar das asas e foram até as muralhas altas ver o que se passava. Viram o pequeno falcão vindo em sua direção com a águia enorme em seu encalço. O falcão estava tão perto...

— Agora? — perguntou Thor.

— Agora — concordou Freya.

Thor ateou fogo às lascas de madeira. Elas queimaram em um instante, permitindo apenas tempo o suficiente para o falcão passar voando por cima das muralhas e se instalar no interior do castelo. Então, com um rugido, irromperam em chamas. Foi como uma erupção, um jorro de fogo mais alto que os muros da própria Asgard: aterrorizante e inimaginavelmente quente.

Thiazi não conseguiu parar, não conseguiu reduzir a velocidade do voo, não conseguiu mudar de direção. Voou direto para as chamas. As penas do gigante pegaram fogo, as pontas das asas queimaram. E, transformado em uma águia depenada, ele caiu do ar e se estatelou no chão com um estrondo que abalou a fortaleza dos deuses.

Queimada, atônita e atordoada, a águia pelada não era páreo nem mesmo para deuses idosos. Já estava mortalmente ferido, e, ao voltar à forma de gigante, um golpe do martelo de Thor lhe tirou a vida.

V

Iduna ficou feliz por se reunir com o marido. Os deuses comeram as maçãs da imortalidade e recuperaram a juventude. Loki torceu para que a questão estivesse resolvida.

Não estava. A filha de Thiazi, Skadi, vestiu a armadura, pegou as armas e foi para Asgard vingar o pai.

— Meu pai era tudo para mim, e vocês o mataram. Sua morte enche minha vida de lágrimas e tristeza. Não tenho mais alegria por viver. Venho aqui em busca de vingança ou compensação.

Os Aesir e Skadi barganharam muito por uma compensação. Naqueles dias, cada vida tinha um preço, e a vida de Thiazi tinha um preço muito alto. Quando as negociações foram concluídas, os deuses e Skadi concordaram que a gigante seria recompensada pela morte do pai de três maneiras.

Primeiro, Skadi poderia escolher um deles para ser seu marido e assumir o lugar do pai morto. (Era óbvio para todos os deuses e deusas que Skadi se decidira por Balder, o mais belo de todos os Aesir. Ela não parava de dar piscadelas para ele e o encarava sem cessar, até que Balder desviou o olhar, enrubescido e envergonhado.)

Segundo, os deuses a fariam rir de novo, porque ela não tinha sorrido desde que o pai fora morto.

E, por último, os deuses providenciariam para que seu pai jamais fosse esquecido.

Os deuses a deixariam escolher um marido entre eles, mas tinham uma condição: ela não podia escolher o marido olhando seu rosto. Todos os deuses ficariam atrás de uma cortina com apenas os pés à mostra. Skadi teria que escolher o marido pelos pés.

Um a um, os deuses foram para trás da cortina, e Skadi examinou seus pés com muita atenção.

— Pés feios — dizia, ao passar por cada par.

Então parou e exclamou com prazer:

— Esses são os pés de meu futuro marido! São os pés mais bonitos que já vi! Devem ser de Balder. Nada em Balder poderia ser feio.

E Balder era mesmo belo, mas, ao erguer a cortina, Skadi descobriu que os pés que escolhera pertenciam a Njord, deus das carruagens, pai de Frey e Freya.

Os dois se casaram ali mesmo. No banquete de casamento, a gigante tinha o olhar mais triste que qualquer Aesir já vira.

Thor cutucou Loki.

— Vá em frente — mandou. — Faça-a rir. Isso é culpa sua, afinal.

Loki soltou um suspiro.

— Sério?

Thor assentiu e deu um tapinha no cabo do martelo.

Loki balançou a cabeça e foi até os currais onde ficavam os animais. Voltou para o banquete de casamento conduzindo um bode grande e extremamente irritado. Loki irritou ainda mais o bode amarrando uma corda com firmeza em torno de sua barba.

Então o deus da trapaça amarrou a outra ponta da corda nas próprias partes íntimas.

Ele puxou a corda. O bode berrou, sentindo a dor da barba puxada, e puxou de volta. A corda puxou com força as partes íntimas de Loki, que gritou, segurou a corda outra vez e a puxou de volta.

Os deuses riram. Não era preciso muito para fazer os deuses rirem, mas aquilo era a melhor coisa que eles tinham visto em muito tempo. Fizeram apostas sobre o que seria arrancado primeiro: a barba do bode ou as partes íntimas de Loki. E zombaram dele por gritar.

— Parece o uivo de uma raposa à noite! — exclamou Balder, segurando o riso.

— Loki parece um bebê chorão! — disse o irmão de Balder, Hod, que era cego, mas ria toda vez que Loki gritava.

Skadi não ria, embora o fantasma de um sorriso começasse a assombrar os cantos de seus lábios. Toda vez que o bode berrava ou Loki uivava de dor, gemendo como uma criança, seu sorriso ficava um pouco mais largo.

Loki puxava. O bode puxava. Loki gritava e dava um novo puxão. O bode berrava e puxava de volta com ainda mais força.

A corda arrebentou.

Loki voou pelos ares com as mãos na virilha e aterrissou no colo de Skadi, gemendo de dor.

Skadi riu como uma avalanche entre as montanhas, riu tão alto quanto uma geleira desabando. Riu tanto e por tanto tempo que lágrimas brilharam em seus olhos. E, enquanto ria, pela primeira vez estendeu o braço e apertou a mão do novo marido, Njord.

Loki desceu de seu colo e saiu cambaleando com as mãos entre as pernas, olhando com ressentimento para todos os deuses e deusas, que apenas riram mais alto.

Quando a festa de casamento chegou ao fim, Odin, o Pai de Todos, se virou para Skadi, a filha do gigante, e disse:

— Então nossa dívida está paga. Ou quase.

Ele fez um sinal para que Skadi o seguisse para a noite, e ela e Odin saíram juntos do salão, com o novo marido da gigante seguindo a seu lado. Perto da pira funerária que os deuses fizeram para os restos de Thiazi havia duas grandes esferas cheias de luz.

— Essas esferas eram os olhos de seu pai — explicou Odin.

O Pai de Todos pegou os olhos de Thiazi e os jogou para o alto, para o céu noturno, onde queimaram e brilharam juntos, lado a lado.

Olhe para o céu no auge do inverno. Você as verá ali, duas estrelas gêmeas, uma brilhando ao lado da outra. Essas estrelas são os olhos de Thiazi. E brilham até hoje.

A HISTÓRIA DE GERDA E FREY

I

Frey, irmão de Freya, era o mais poderoso dos deuses Vanir.

Ele era belo e nobre, um guerreiro e um amante, mas sentia falta de algo na vida e não sabia do quê.

Os mortais de Midgard reverenciavam Frey. Ele controlava as estações, diziam. Frey tornava os campos férteis e trazia vida ao solo morto. As pessoas cultuavam Frey e o amavam, mas isso não preenchia o vazio que ele tinha dentro de si.

Frey avaliou suas posses:

Tinha uma espada tão poderosa e impressionante que sabia lutar sozinha, mas isso não o satisfazia.

Tinha Gullinbursti, o javali com pelo dourado criado pelo anão Brokk e seu irmão, Eitri. Gullinbursti puxava a carruagem de Frey. Podia correr pelo ar e sobre a água, mais rápido que qualquer cavalo, e corria mesmo na mais escura das noites, pois seus pelos dourados tinham um brilho intenso. Mas Gullinbursti não o satisfazia.

Tinha o *Skiðblaðnir*, um navio feito para ele pelos três anões conhecidos como filhos de Ivaldi. Não era o maior navio que existia (esse era o *Naglfar*, o Navio dos Mortos, feito das unhas não cortadas dos falecidos), mas havia espaço para todos os Aesir a bordo. Quando as velas de *Skiðblaðnir* eram desfraldadas, os ventos eram sempre bons, e o navio sempre chegava ao seu destino. Embora fosse o segundo maior navio que já existiu e pudesse receber todos os Aesir, *Skiðblaðnir* podia ser dobrado como se fosse feito de tecido e guardado na bolsa. Era o melhor de todos os navios. Mas *Skiðblaðnir* não o satisfazia.

Era dono da residência mais elegante que havia, depois de Asgard: Álfheim, lar dos elfos da luz, onde ele era sempre bem recebido e reconhecido como senhor supremo. Não havia lugar como Álfheim, mas ainda assim isso não o satisfazia.

O servo de Frey, Skírnir, era um elfo da luz. Era o melhor dos criados, com sábios conselhos e rosto belo.

Frey ordenou que Skírnir atrelasse Gullinbursti, e os dois partiram para Asgard.

Quando chegaram, foram até Valhala, o grande salão dos mortos de Odin. Em Valhala viviam os einherjar, ou "os que lutam sozinhos", todos aqueles que tinham tido mortes honrosas em batalha desde o início dos tempos. Suas almas são levadas dos campos de batalha pelas Valquírias, guerreiras encarregadas por Odin da tarefa de levar as almas para a recompensa derradeira.

— Deve haver muitos deles — comentou Skírnir, que nunca tinha ido lá.

— Sim — respondeu Frey. — Mas há mais por vir. E mais ainda serão necessários quando enfrentarmos o lobo.

Ouviram sons de batalha ao se aproximarem dos campos em torno de Valhala. O barulho de metal atingindo metal, o ruído surdo de metal perfurando carne.

Enquanto assistiam, viram guerreiros poderosos de todas as eras e lugares em batalha, todos com rivais à altura e usando equipamento de guerra, cada um dando o máximo de si na luta. Em pouco tempo, metade dos homens jazia morta na grama.

— Basta! — exclamou uma voz. — A batalha acabou por hoje!

Com isso, os que ainda estavam de pé ajudaram os mortos a deixar o pátio. Suas feridas se curaram sob o olhar de Frey e Skírnir, e os guerreiros montaram em seus cavalos. Todos os soldados que lutaram naquele dia, fossem vencedores ou perdedores, cavalgaram para Valhala, o salão dos mortos honrados.

Valhala era um salão enorme. Tinha quinhentos e quarenta portões, e cada um permitia a passagem de oitocentos guerreiros lado a lado. Abrigava mais pessoas do que a mente podia conceber.

No salão, os guerreiros vibraram quando o banquete começou. Comiam carne de javali servida de um caldeirão enorme. Era a carne de Saehrímir: toda noite eles se banqueteavam com sua carne, e toda manhã a fera monstruosa renascia outra vez, pronta para ser abatida mais tarde e para dar a vida e a carne para alimentar os mortos. Não importava quantos deles houvesse, sempre haveria carne suficiente.

Os soldados se serviram de hidromel.

— Tanto hidromel para tantos guerreiros — comentou Skírnir. — De onde vem?

— Vem de uma cabra chamada Heidrum — explicou Frey. — Ela vive no alto de Valhala e come as folhas da árvore chamada Lerad, que é como chamamos a raiz da Yggdrasill, a Árvore do Mundo. De suas tetas flui o melhor hidromel que existe. Sempre haverá o suficiente para todos os guerreiros.

Os dois caminharam até a mesa alta à qual Odin estava sentado. O Pai de Todos tinha uma tigela de carne diante de si, mas não comia. Espetava um pedaço com a faca de vez em quando e o jogava no chão para um de seus lobos, Geri e Freki.

Dois corvos estavam empoleirados em seus ombros, e ele dava nacos de carne para as aves também, enquanto os animais lhe sussurravam sobre coisas que aconteciam longe dali.

— Ele não está comendo — sussurrou Skírnir.

— Ele não precisa — respondeu Frey. — Ele bebe. Só precisa de vinho, nada mais. Vamos, terminamos por aqui.

— Por que viemos aqui, milorde? — perguntou Skírnir enquanto saíam por um dos quinhentos e quarenta portões de Valhala.

— Porque queria me certificar de que Odin estava aqui em Valhala com seus guerreiros, e não no próprio salão, sentado em Hlidskjalf, o ponto de observação.

Eles entraram no salão de Odin.

— Espere aqui — ordenou Frey.

Frey entrou sozinho no salão de Odin e se sentou em Hlidskjalf, o trono de onde Odin podia ver tudo o que acontecia nos nove mundos.

Frey olhou para os mundos. Olhou para o sul, o leste e o oeste e não viu o que estava procurando.

Então olhou para o norte e viu o que faltava em sua vida.

Skírnir estava de pé perto da porta quando Frey deixou o salão. No rosto do mestre havia uma expressão que o servo nunca tinha visto, e Skírnir ficou com medo.

Eles deixaram o lugar sem conversar.

II

Frey conduziu a carruagem puxada por Gullinbursti de volta ao salão de seu pai. Ele não falou com ninguém quando chegaram, nem com o pai, Njord, que é o mestre de todos os que singram os mares, nem com a madrasta, Skadi, senhora das montanhas. Frey apenas foi para seus aposentos com uma expressão tão sombria quanto a meia-noite e lá ficou.

No terceiro dia, Njord mandou chamar Skírnir.

— Frey está aqui há três dias e três noites — disse Njord. — Mas não comeu nem bebeu.

— Isso é verdade — concordou o servo.

— O que fizemos para deixá-lo com tanta raiva? — perguntou o deus Vanir. — Meu filho, que sempre foi gentil e cheio de palavras bondosas e sábias, não nos diz mais nada, só nos olha com fúria. O que fizemos para aborrecê-lo?

— Eu não sei — respondeu o servo.

— Então você precisa procurá-lo e perguntar o que está acontecendo — mandou Njord. — Pergunte por que ele está com tanta raiva a ponto de não falar com nenhum de nós.

— Prefiro não fazer isso — disse Skírnir —, mas não posso me recusar a obedecê-lo, senhor. Frey anda estranho e sombrio, e tenho medo do que ele pode fazer se eu perguntar.

— Pergunte — insistiu Njord. — E faça o que puder por ele. Ele é seu mestre.

Skírnir, dos elfos da luz, foi até Frey, que olhava para o céu. O rosto de seu mestre estava sombrio e atormentado, e Skírnir hesitou em se aproximar.

— Frey? — chamou o servo. Frey não respondeu.
— Frey? O que aconteceu? Você está irritado. Ou abatido. Alguma coisa aconteceu. Você precisa me dizer o quê.

— Estou sendo castigado — explicou Frey, e sua voz pareceu vazia e distante. — Fui até o trono sagrado do Pai de Todos e olhei para o mundo. Fui castigado por minha arrogância em acreditar que tinha direito de sentar em Hlidskjalf, e minha felicidade foi tirada de mim para sempre. Paguei por meu crime. Ainda estou pagando.

— Milorde, o que o senhor viu?

Frey estava quieto, e Skírnir achou que o mestre tivesse mergulhado outra vez em seu silêncio perturbado. Mas, depois de algum tempo, o deus respondeu:

— Eu olhei para o norte. Lá, vi um abrigo, uma casa esplendorosa. E vi uma mulher andando para a casa. Nunca vi uma mulher igual a ela. Nunca vi ninguém igual. Ninguém que ande igual. E, quando ela ergueu os braços para destrancar a porta de casa, a luz refletiu em sua pele cintilante e pareceu iluminar o ar e clarear o mar. E, em sua presença, o mundo é um lugar mais belo e brilhante. Então virei o rosto e não a vi mais, e meu mundo ficou escuro, desesperado e vazio.

— Quem é ela?

— Uma gigante. Seu pai é Gymir, o gigante da terra, e sua mãe é uma gigante das montanhas, Aurboda.

— E essa bela criatura tem nome?

— Seu nome é Gerda.

Frey tornou a ficar em silêncio.

— Seu pai está preocupado com você — comentou Skírnir. — Todos estamos. Há algo que eu possa fazer?

— Se você for até Gerda e pedir sua mão em casamento em meu nome, eu lhe darei qualquer coisa. Não posso viver sem ela. Traga-a para mim para ser minha esposa, independentemente do que seu pai diga. Vou lhe pagar muito bem.

— O senhor está pedindo muito, milorde.

— Ofereço qualquer coisa em troca — retrucou Frey, com ardor, e o servo estremeceu.

Skírnir assentiu.

— Farei isso, milorde. — Então hesitou. — Frey, posso ver sua espada?

Frey sacou a espada e a estendeu para Skírnir examiná-la.

— Não há espada como esta. Ela luta sozinha, sem que ninguém precise segurar seu punho. Sempre vai protegê-lo. Nenhuma outra espada, por mais poderosa que seja, pode penetrar suas defesas. Dizem que esta espada poderia até vencer uma luta contra a espada flamejante de Surt, o demônio do fogo.

Skírnir deu de ombros.

— É uma bela espada. Se deseja que eu lhe traga Gerda, esta espada será minha recompensa.

Frey assentiu. Deu sua espada para Skírnir, junto com um cavalo para montar.

Skírnir viajou para o norte até chegar à casa de Gymir. Entrou como convidado e explicou quem era e quem o mandara. Contou à bela Gerda sobre seu mestre, Frey.

— Ele é o mais esplêndido dos deuses. Tem domínio sobre a chuva, o clima e a luz do sol, e traz boas colheitas, além de dias e noites pacíficos ao povo de Midgard. Ele cuida da prosperidade e abundância da humanidade. Todos o amam e veneram.

Ele contou a Gerda sobre a beleza de Frey e sobre seu poder. Contou sobre a sabedoria do deus Vanir. E, por fim, contou sobre o amor que Frey sentia por ela, sobre como tinha sido atingido no coração por uma visão sua e que agora não comia, não dormia, não bebia nem conversava mais. E permaneceria assim até que ela concordasse em ser sua esposa.

Gerda sorriu, e seus olhos brilharam de alegria.

— Diga a ele que aceito. Vou encontrá-lo na ilha de Barra para o casamento daqui a nove dias a partir de hoje. Vá e diga isso a ele.

Skírnir voltou para o salão de Njord.

Antes que conseguisse descer do cavalo, Frey o encontrou, ainda mais pálido e fraco que quando o deixara.

— Quais as novidades? — perguntou o deus. — Devo me alegrar ou entrar em desespero?

— Gerda aceita se casar com você daqui a nove dias a contar de hoje, na ilha de Barra — disse Skírnir.

Frey olhou para seu servo sem alegria.

— As minhas noites sem ela duram uma eternidade. Uma noite é longa demais. Duas noites são ainda mais longas. Como vou conseguir viver três noites? Quatro dias parecem um mês, e você espera que eu aguarde nove?

Skírnir olhou para seu senhor com pena.

Nove dias a contar daquele, na ilha de Barra, Frey e Gerda se encontraram pela primeira vez e se casaram em um campo ondulante de cevada. Gerda era tão bela quanto ele sonhara, de toque tão delicado e beijo tão doce quanto esperara. O casamento foi abençoado, e há quem diga que o filho deles, Fjölnir, veio a se tornar o primeiro rei da Suécia. (Fjölnir morreu afogado em um tonel de hidromel tarde da noite, enquanto procurava um lugar para mijar.)

Skírnir pegou a espada que recebera, a espada de Frey que lutava sozinha, e retornou a Álfheim.

A bela Gerda preencheu o vazio da vida e do coração de Frey. O deus não sentiu falta de sua espada nem a substituiu. Quando lutou contra o gigante Beli, matou-o com um chifre de veado. Frey era tão poderoso que podia matar um gigante usando apenas as mãos.

Mesmo assim, não devia ter aberto mão de sua espada.

O Ragnarök está se aproximando. Quando o céu se partir, e os poderes sombrios de Muspell marcharem para a guerra, Frey desejará ainda ter sua espada.

A PESCARIA DE HYMIR E THOR

Os deuses chegaram ao grande salão de Aegir na beira do mar.

— Estamos aqui! — gritou Thor, à frente do grupo. — Preparem um banquete para nós!

Aegir era o mais poderoso dos gigantes do mar. Sua esposa era Ran, que recolhe os que se afogam em sua rede. Suas nove filhas são as ondas do mar.

Aegir não desejava alimentar os deuses, mas também não queria contrariá-los. O gigante olhou Thor nos olhos e disse:

— Vou fazer um banquete, e vai ser o melhor banquete já servido a qualquer um de vocês. Meu servo, Fimafeng, servirá a cada um com diligência, trazendo tanta comida quanto suas barrigas aguentarem e tanta cerveja quanto puderem beber. Só tenho uma condição: vocês devem me trazer um caldeirão grande o bastante para fermentar cerveja para todos. Vocês são muitos, e têm muito apetite.

Aegir sabia muito bem que os deuses não tinham um caldeirão daqueles. E, sem o caldeirão, ele não precisaria oferecer o banquete.

Thor pediu conselho aos outros deuses, mas todos diziam que um caldeirão daqueles não existia. Ele enfim perguntou a Tyr, deus das batalhas, deus da guerra. Tyr coçou o queixo com a mão esquerda, sua única mão.

— Na beira do mar do mundo vive o rei dos gigantes, Hymir — disse o deus maneta. — Ele tem um caldeirão com cinco quilômetros de profundidade. É o maior que já existiu.

— Tem certeza? — perguntou Thor.

Tyr assentiu.

— Hymir é meu padrasto. É casado com minha mãe. Ela é uma gigante. E eu já vi o grande caldeirão com meus próprios olhos. E, como filho de minha mãe, serei bem recebido no salão de Hymir.

Tyr e Thor subiram na carruagem de Thor, puxada pelas cabras Rosnador e Rangedor, e viajaram depressa para a enorme fortaleza de Hymir. Thor amarrou as cabras a uma árvore, e os dois entraram.

Uma gigante trabalhava na cozinha, picando cebolas grandes como rochedos e repolhos do tamanho de barcos. Thor não conseguia evitar olhar: a velha gigante tinha novecentas cabeças, cada uma mais feia e mais aterrorizante que a outra. Ele deu um passo para trás. Se Tyr ficou abalado, não demonstrou. O deus de uma só mão gritou:

— Saudações, vovó! Viemos ver se podemos pegar o caldeirão de Hymir emprestado para fermentar nossa cerveja.

— Mas que pequenininhos! Achei que fossem camundongos — comentou a avó de Tyr. Quando ela falou, soou como uma multidão gritando. — Não é para mim que você devia pedir, meu neto. É melhor conversar com sua mãe. — Então a gigante gritou: — Temos convidados! Seu filho trouxe um amigo.

Em questão de instantes, outra gigante entrou na cozinha. Era a esposa de Hymir, mãe de Tyr. Estava vestida em dourado, e era tão bela quanto a sogra era assustadora. Carregava dois dos menores dedais de gigantes que existem cheios de cerveja. Thor e Tyr pegaram os dedais, que eram do tamanho de baldes, e beberam com vontade.

Era uma cerveja excelente.

A gigante quis saber o nome de Thor. O deus estava prestes a responder, mas, antes que pudesse falar, Tyr interveio:

— O nome dele é Veor, mãe. Ele é meu amigo. É um inimigo dos inimigos de Hymir e dos gigantes.

Eles ouviram estrondos distantes, como trovões nos cumes, avalanches ou ondas enormes quebrando na costa, e a terra tremia a cada estrondo.

— Meu marido está vindo para casa — anunciou a gigante. — Ouço seus passos ao longe.

Os estrondos se tornaram mais nítidos e pareciam estar se aproximando rápido.

— Meu marido fica um pouco mal-humorado quando chega em casa, muito colérico e cheio de pensamentos sombrios. Trata mal os convidados — alertou-os a gigante. — Por que não se escondem embaixo daquele tacho e ficam ali até ele recuperar o bom-humor o suficiente para que vocês dois saiam?

A gigante os escondeu sob um tacho no chão da cozinha. Estava escuro ali.

O chão tremeu, uma porta bateu, e Thor e Tyr perceberam que era um sinal de que Hymir devia estar em casa. Ouviram a gigante contar ao marido que tinham convidados, seu filho e um amigo, e que Hymir devia se comportar como um bom anfitrião e não matá-los.

— Por quê? — A voz do gigante era alta e petulante.

— O pequeno é nosso filho, Tyr. Você se lembra dele. O nome do maior é Veor. Seja simpático com ele.

— *Thor?* Thor, nosso inimigo? Thor, que matou mais gigantes que qualquer um, incluindo outros gigantes? Thor, que eu jurei matar se o encontrasse? Thor, o...

— Veor — corrigiu a esposa, acalmando-o. — Não Thor. *Veor.* É amigo de nosso filho e inimigo de seus inimigos, por isso você precisa ser simpático.

— Estou com a mente sombria e o espírito colérico e não quero ser simpático com ninguém — retrucou a voz ribombante do gigante. — Onde eles estão escondidos?

— Ah, logo atrás daquela viga — disse a esposa.

Thor e Tyr ouviram um estrondo quando a viga para a qual a gigante apontara foi quebrada e destruída. O que foi seguido de uma série de estrondos enquanto, um depois do outro, todos os tachos na cozinha eram derrubados do teto e destruídos.

— Já terminou de quebrar as coisas? — perguntou a mãe de Tyr.

— Acho que sim — respondeu a voz de Hymir, relutante.

— Então olhe embaixo daquele tacho — mandou a gigante.

— O que está no chão, o que você ainda não destruiu.

O tacho sob o qual Tyr e Thor estavam escondidos foi erguido, e os dois encararam um rosto enorme, os traços contorcidos em uma expressão irritada e ameaçadora. Thor sabia que aquele era Hymir, o rei dos gigantes. Sua barba era como uma floresta de árvores cobertas de neve em pleno inverno; as sobrancelhas, um campo de espinhos; o hálito fedorento e asqueroso, uma pilha de lixo amontoada em um pântano.

— Olá, Tyr — cumprimentou Hymir, sem empolgação.

— Olá, pai — respondeu Tyr com ainda maior desprazer, se é que era possível.

— Vocês vão se juntar a nós como convidados no jantar desta noite — anunciou Hymir, batendo palmas.

A porta do salão se abriu, e um boi gigante foi levado lá para dentro, a pelagem reluzente, os olhos brilhantes, os chifres afiados. Foi seguido por outro, ainda mais bonito, e depois o último, ainda mais belo que os dois primeiros.

— Esses são os melhores bois que existem. Muito maiores e mais gordos que os animais de Midgard ou de Asgard. Eu tenho muito orgulho do meu rebanho — confidenciou Hymir. — É o meu tesouro e o deleite de meus olhos. Trato meus animais como se fossem meus próprios filhos.

Por um instante, a carranca do gigante pareceu se suavizar.

A avó de novecentas cabeças matou os três bois, retirou suas peles e os jogou em sua enorme panela. A panela ferveu e borbulhou acima de um fogo que chiava e crepitava, e a velha ia mexendo seu conteúdo com uma colher grande como um carvalho. Enquanto cozinhava, a gigante cantava baixinho para si mesma, em uma voz como a de mil velhas, todas cantando ao mesmo tempo e a plenos pulmões.

Não demorou muito para a comida ficar pronta.

— Vocês são convidados aqui. Não façam cerimônia. Peguem quanto quiserem comer da panela — disse Hymir, sem reservas.

Os estranhos eram pequenos, afinal. Quanto poderiam comer? E os bois eram enormes.

Thor respondeu que, já que o dono da casa insistia, era o que ia fazer, então devorou dois dos bois sozinho, um depois do outro, sem deixar nada além de ossos limpos. Por fim, arrotou, satisfeito.

— Isso é muita comida, Veor — comentou Hymir. — Isso iria nos alimentar por vários dias. Acho que nunca vi nem um gigante comer dois de meus bois de uma vez.

— Eu estava com fome — respondeu Thor. — E fiquei um pouco empolgado. Que tal irmos pescar amanhã? Ouvi dizer que você é um grande pescador.

Hymir tinha orgulho de suas habilidades de pesca.

— Sou um pescador excelente — corrigiu. — Podemos pegar o jantar de amanhã.

— Eu também sou um bom pescador — disse Thor.

Na verdade, ele nunca tinha pescado, mas não podia ser muito difícil.

— Então vamos nos encontrar amanhã ao amanhecer, no cais — disse Hymir.

Naquela noite, no quarto enorme, Tyr disse a Thor:

— Espero que você saiba o que está fazendo.

— Claro que sei — retrucou Thor.

Mas não sabia. Estava só fazendo o que lhe dava vontade. Isso era o que Thor fazia melhor.

Sob a luz cinzenta que precedia a aurora, Thor encontrou Hymir no cais.

— Devo alertá-lo, pequeno Veor, que vamos bem longe pelas águas congelantes adentro — alertou o gigante, com um sorriso de escárnio. — Eu remo para lugares muito frios e fico mais tempo do que uma coisinha como você conseguiria sobreviver. Pingentes de gelo se formarão em sua barba e seu cabelo, e você vai ficar azul de frio. Talvez até morra.

— Isso não me preocupa — retrucou Thor. — Gosto do frio. É estimulante. O que usaremos de isca?

— Eu já tenho minha própria isca — respondeu Hymir. — Você precisa encontrar a sua. Pode procurar no pasto dos bois. Há belos vermes gordos no esterco. Pode pegar o que quiser de lá.

Thor olhou para Hymir. Pensou em acertar o gigante com seu martelo, mas aí nunca conseguiria o caldeirão — não sem lutar. Então caminhou de volta pela costa.

O rebanho de belos bois de Hymir estava na campina. Havia pilhas gigantes de estrume no chão, com vermes enormes se remexendo e chafurdando, mas Thor evitou todos. Em vez disso, caminhou até o animal mais majestoso e mais gordo, ergueu o punho e golpeou-o entre os olhos, matando-o instantaneamente.

Thor arrancou a cabeça do bicho e guardou-a em um saco, que levou para o mar.

Hymir estava no barco. Já partira e estava remando para longe da baía.

Thor saltou na água fria e foi nadando, arrastando a bolsa atrás de si. Segurou a traseira do barco com dedos dormentes e subiu a bordo, pingando água do mar, o gelo criando uma crosta em sua barba ruiva.

— Ah... — comentou o deus do trovão. — Que divertido! Nada como nadar um pouco para acordar em uma manhã fria.

Hymir não respondeu. Thor pegou o outro par de remos, e os dois começaram a remar. Logo a terra desaparecera, e estavam sozinhos nas águas do mar do norte. O oceano era cinza, as ondas eram altas e revoltas e o vento e as gaivotas gritavam.

Hymir parou de remar.

— Vamos pescar aqui — anunciou.

— Aqui? — perguntou Thor. — Mas mal saímos para o mar. — E pegou os remos e começou a remar sozinho para águas mais profundas.

O barco disparava pelas ondas.

— Pare! — rugiu Hymir. — Essas águas são perigosas. É aqui que Jörmungund, a serpente de Midgard, vive.

Thor parou de remar.

Hymir pegou dois peixes grandes no fundo do barco. Ele os estripou com sua faca de pesca muito, muito afiada, jogou as tripas ao mar e empalou os peixes nos anzóis.

Por fim, o gigante jogou a linha de pesca com as iscas. Esperou até sentir um puxão e ver a linha se esticar em sua mão, e então a puxou de volta. Duas baleias monstruosas estavam penduradas, as maiores baleias que Thor já vira. Hymir sorriu de orgulho.

— Nada mal — comentou Thor.

Ele sacou a cabeça do boi de seu saco. Quando Hymir viu os olhos mortos de seu boi favorito, seu rosto congelou.

— Peguei a isca — explicou Thor, prestativo. — Lá do pasto de bois. Como você disse.

Expressões de choque, horror e raiva se alternaram no rosto enorme de Hymir, mas ele não se pronunciou.

O deus do trovão pegou a linha de pesca do gigante, enfiou a cabeça do boi no anzol e o jogou no oceano. Sentiu a isca descer até o fundo.

Então esperou.

— Ah, pescar — comentou com Hymir. — Suponho que a ideia seja ensinar a ter paciência. É meio chato, não é? Fico imaginando o que vou conseguir pegar para o nosso jantar.

Foi quando um turbilhão assolou o mar. Jörmungund, a serpente de Midgard, mordera a enorme cabeça de boi, e o anzol se cravara bem fundo no céu de sua boca. A serpente se debatia na água, tentando se libertar.

Thor segurava a linha.

— Ela vai nos levar para o fundo! — rugiu Hymir, horrorizado. — Solte a linha!

Thor balançou a cabeça. Ele se retesou contra a linha de pesca, determinado a segurá-la.

O deus do trovão enfiou o pé através do casco do barco e usou o fundo do mar para se firmar, então começou a puxar Jörmungund para bordo.

A serpente cuspiu jatos de veneno negro na direção deles. Thor se abaixou, desviando do veneno, e continuou a puxar.

— É a serpente de Midgard, seu tolo! — gritou Hymir. — Solte a linha! Nós vamos morrer!

Thor não respondeu, só puxou a linha com mais força, um palmo de cada vez, os olhos fixos em seu inimigo.

— Eu vou matá-la... — sussurrou para a serpente, sob o rugido das ondas, o uivo do vento e os movimentos e os gritos da fera. — Ou você vai me matar. Isso eu juro.

Ele disse aquilo em voz baixa, mas podia jurar que a serpente de Midgard o ouvira. Jörmungund fixou os olhos em Thor, e o jato seguinte de veneno passou tão perto que ele sentiu seu gosto no ar do oceano. O veneno borrifou em seu ombro, e queimou a pele.

Thor apenas riu e puxou com mais força.

Em algum lugar ao longe, pareceu a Thor que Hymir falava coisas ininteligíveis, resmungando e gritando sobre a serpente monstruosa, sobre o mar estar entrando em seu barco a remo pelos furos no casco e sobre como os dois iam morrer ali, no oceano muito, muito frio, tão longe da terra firme. Thor não ligava para nada disso. Estava em uma batalha contra a serpente, brincando com ela, deixando que ela se exaurisse ao se debater e lutar.

Thor começou a puxar a linha de pesca de volta para o barco.

A cabeça da serpente estava quase a distância de um golpe. Thor baixou a mão, sem mover os olhos, e seus dedos se fecharam em torno do cabo do martelo. Ele sabia exatamente onde teria que acertar o golpe para matar a serpente. Mais um puxão na linha e...

A faca de pesca de Hymir brilhou, e a linha foi cortada. Jörmungund, a serpente, se empinou, bem acima do barco, e caiu de volta no oceano.

O deus do trovão atirou seu martelo na direção dela, mas o monstro já mergulhara, desaparecendo em meio às águas frias e cinzentas. O martelo retornou para a mão de Thor. Então ele voltou sua atenção para o barco de pesca que estava afundando. Desesperado, Hymir retirava água do fundo.

Enquanto o gigante tirava água, Thor remou de volta para a costa. As duas baleias que Hymir tinha apanhado mais cedo, na proa do barco, tornavam a remada ainda mais difícil que de costume.

— Ali está a costa — anunciou Hymir, ofegante. — Mas minha casa ainda fica a muitos quilômetros de distância.

— Podemos ir para terra aqui — disse Thor.

— Só se você quiser carregar o barco, eu e as baleias por todo o caminho até meu salão — respondeu Hymir, exausto.

— Hum... Está bem.

Thor saltou pela lateral do barco de pesca. Alguns momentos depois, Hymir sentiu o barco se erguer no ar. Thor os carregava nas costas: barco, remos, Hymir e as baleias, conduzindo-os pela praia de cascalho.

Quando chegaram ao salão do gigante, Thor botou o barco no chão.

— Pronto — anunciou o deus. — Eu trouxe você para casa, como me pediu. Agora preciso de um favor em troca.

— O que é? — perguntou o gigante.

— Seu caldeirão. Aquele grande, que você usa para fermentar cerveja. Preciso dele emprestado.

— Você é um pescador excelente — respondeu Hymir. — Mas está pedindo o melhor caldeirão de cerveja que existe. A cerveja que fermenta nele por mágica é a melhor dos nove mundos. Só vou emprestá-lo para alguém que consiga quebrar a caneca da qual eu bebo.

— Não parece muito difícil — retrucou Thor.

Eles comeram carne de baleia assada no jantar daquela noite, no salão cheio com vários gigantes de muitas cabeças, todos gritando e felizes, a maioria bêbada. Depois que comeram, Hymir bebeu o que restava de cerveja em sua caneca e pediu silêncio. Então entregou a caneca a Thor.

— Quebre-a — mandou. — Quebre esta caneca, e lhe darei o caldeirão em que faço minha cerveja de presente. Se falhar, vai morrer.

Thor assentiu.

Os gigantes pararam com as piadas e canções. Ficaram observando o deus, hesitantes. A fortaleza de Hymir era feita de pedra. Thor pegou a caneca, pesou-a nas mãos e jogou-a com toda a força em um dos pilares de granito que sustentavam o telhado do salão de banquetes. Ouviu-se um estrondo de romper os tímpanos, e o ar se encheu de uma poeira cegante.

Quando a poeira baixou, Hymir se levantou e foi até o que restava da coluna de granito. A caneca atravessara um pilar, depois outro, quebrando-os em lascas de pedra. No entulho do terceiro pilar estava a caneca, um pouco empoeirada, mas intacta.

Hymir ergueu a caneca acima da cabeça, e os gigantes vibraram, riram e fizeram caretas para Thor com todas as suas cabeças, além de gestos grosseiros.

O rei gigante sentou-se à mesa mais uma vez.

— Viu? Eu não achei que você fosse forte o suficiente para quebrar minha caneca. — O gigante ergueu a caneca, e a esposa serviu cerveja para ele. Hymir bebeu. — A melhor cerveja que você vai provar em toda a vida. Aqui, esposa, sirva mais para seu filho e o amigo dele, Veor. Que eles provem da melhor cerveja que há e se entristeçam porque não vão levar meu caldeirão para casa, e porque nunca mais vão provar cerveja tão boa. Além disso, é triste que eu tenha de matar Veor agora, pois minha caneca continua intacta.

Thor sentou-se à mesa ao lado de Tyr, pegou um pedaço de carne de baleia tostada e mastigou, ressentido. Os gigantes eram barulhentos e estridentes e agora o ignoravam.

A mãe de Tyr se debruçou para encher a caneca de Thor de cerveja.

— Sabe — murmurou ela —, meu marido tem uma cabeça muito dura. Ele é teimoso e tem o cocuruto bem grosso.

— Dizem o mesmo de mim — disse Thor.

— Não — retrucou ela, como se falasse com uma criancinha. — Ele tem uma cabeça *muito* dura. Dura o bastante para quebrar até a caneca mais resistente.

Thor bebeu toda a cerveja. Era mesmo a melhor cerveja que já tinha provado. Ele se levantou e foi até Hymir.

— Posso tentar outra vez?

Todos os gigantes no salão riram, e nenhum deles riu mais alto que Hymir.

— Claro que sim.

Thor pegou a caneca. Virou-se de frente para a parede de pedra, pesou a caneca uma, duas vezes, então deu meia-volta bem depressa e espatifou a caneca na testa de Hymir.

Os fragmentos da caneca caíram um a um no colo do gigante.

Fez-se silêncio no salão, então o silêncio foi quebrado por um ruído estranho e soluçante. Thor olhou em volta, tentando descobrir o que era o barulho, e quando voltou os olhos para a frente viu os ombros de Hymir se sacudindo. O gigante estava chorando, com enormes soluços ofegantes.

— Meu maior tesouro não é mais meu — lamentou Hymir. — Eu sempre podia mandar o caldeirão fazer minha cerveja, e ele fermentava magicamente a melhor cerveja dos nove mundos. Nunca mais poderei dizer: faça minha cerveja, meu caldeirão.

Thor não respondeu.

Hymir encarou Tyr com amargor e disse:

— Se o quer, meu enteado, pode levá-lo. É grande e pesado. Precisa de doze gigantes para erguê-lo. Acha que é forte o suficiente?

Tyr foi até o caldeirão. Tentou levantá-lo uma, duas vezes, mas era pesado demais até para ele. Então olhou para Thor, que deu de ombros, agarrou o caldeirão pelas laterais e o virou de cabeça para baixo, fazendo as alças caírem ruidosamente a seus pés.

Então o caldeirão começou a se mover, com Thor dentro. Foi seguindo na direção da saída, enquanto os gigantes de muitas cabeças em todo o salão encaravam, boquiabertos.

Hymir não chorava mais. Tyr encarou o padrasto.

— Obrigado pelo caldeirão.

E então, tomando o cuidado de manter o caldeirão ambulante entre ele e Hymir, Tyr saiu cautelosamente do salão.

Thor e Tyr deixaram o castelo juntos, soltaram as cabras e subiram na carruagem. Thor ainda carregava o caldeirão nas costas. As cabras correram o máximo possível, mas, embora Rosnador corresse bem e rápido, mesmo puxando o caldeirão gigante, Rangedor mancava e cambaleava. Sua perna tinha sido quebrada para que lhe comessem o tutano, e Thor a consertara, mas a cabra nunca mais fora forte como antes.

Rangedor balia de dor enquanto corria.

— Não podemos ir mais rápido? — perguntou Tyr.

— Podemos tentar — respondeu Thor, e chicoteou as cabras para que corressem ainda mais rápido.

Tyr olhou para trás.

— Eles estão vindo — anunciou. — Os gigantes estão vindo.

E estavam mesmo, com Hymir atrás, incitando-os: todos os gigantes daquela parte do mundo, um bando monstruoso de muitas cabeças, os gigantes das vastidões desoladas, deformados e mortais. Um exército de gigantes, todos querendo recuperar o caldeirão.

— Mais rápido! — pediu Tyr.

Foi então que Rangedor tropeçou e caiu, jogando-os para fora da carruagem.

Thor cambaleou e se levantou, então jogou o caldeirão no chão e começou a rir.

— De que você está rindo? — perguntou Tyr. — Há centenas deles.

Thor ergueu Mjölnir, seu martelo.

— Não consegui capturar e matar a serpente. Não *desta* vez. Mas cem gigantes quase compensam.

De forma muito metódica e animada, Thor matou os gigantes das terras desoladas, um atrás do outro, até que o solo ficou negro e vermelho com sangue. Tyr lutou com uma só mão, mas lutou com bravura e matou sua cota de gigantes naquele dia.

Quando terminaram e todos os gigantes estavam mortos, Thor se agachou ao lado de Rangedor, a cabra machucada, e a ajudou a se levantar. A cabra mancava ao andar, e Thor xingou Loki, o culpado pela cabra estar aleijada. Hymir não estava entre os mortos, e Tyr ficou aliviado, pois não queria dar à mãe nenhum sofrimento adicional.

Thor levou o caldeirão para Asgard, para a reunião dos deuses, e eles levaram o caldeirão para Aegir.

— Aqui está — disse Thor. — Um caldeirão de cerveja grande o bastante para todos nós.

O gigante do mar suspirou.

— É mesmo o que eu pedi para trazerem. Muito bem. Darei um banquete todo outono em meu salão, para todos os deuses.

E o gigante cumpriu sua palavra, e todo ano depois da colheita os deuses bebem a melhor cerveja que já houve ou haverá, durante o outono, no salão do gigante do mar.

A MORTE DE BALDER

I

Nada existe que não ame o sol. Ele nos dá calor e vida, derrete a neve e o gelo cruéis do inverno, faz as plantas crescerem e as flores desabrocharem. Ele nos dá as longas tardes de verão, quando a escuridão nunca chega. Ele nos salva dos dias cruéis do auge do inverno, quando a escuridão só é rompida por algumas horas, e o sol é frio e distante, como o olho pálido de um cadáver.

O rosto de Balder brilhava como o sol, e ele era tão bonito e carismático que iluminava qualquer ambiente. Balder era o segundo filho de Odin, amado pelo pai e por todas as coisas. Era o mais sábio, mais doce e mais eloquente de todos os deuses Aesir. Pronunciava seus julgamentos e suas sentenças, e todos se impressionavam com sua sabedoria e justiça. Sua casa, o salão chamado Breidablik, era um lugar de alegria, música e conhecimento.

A esposa de Balder era Nanna, a quem Balder amava — e apenas a ela. O filho deles, Forseti, estava crescendo para ser um juiz tão sábio quanto o pai. Nada havia de errado com a vida ou o mundo de Balder, exceto uma coisa.

Balder tinha pesadelos.

Sonhava com mundos destruídos, com o Sol e a Lua sendo devorados por um lobo. Sonhava com sofrimento e morte sem fim. Sonhava com escuridão, com cárcere. Irmãos matavam irmãos em seus sonhos, e ninguém podia confiar em mais ninguém. Em seus sonhos, uma nova era chegaria ao mundo, uma era de tempestades e assassinatos. Balder acordava desses sonhos aos prantos, mais perturbado que se pode descrever.

Balder procurou os deuses e contou a eles sobre seus pesadelos. Nenhum deles sabia o que dizer, mas também ficaram preocupados — todos, exceto um. (Quando ouviu Balder falar dos sonhos ruins, Loki sorriu.)

Odin decidiu descobrir a causa dos sonhos do filho. Vestiu o manto cinza e o chapéu de abas largas, e, quando perguntavam seu nome, dizia que era Andarilho, filho de Guerreiro. Ninguém sabia as respostas para suas perguntas, mas lhe falaram sobre uma vidente, uma sábia que entendia todos os sonhos. A mulher poderia ajudá-lo, disseram, mas estava morta havia muito.

O túmulo da sábia ficava no fim do mundo. Depois dele, a leste, ficava o domínio dos mortos que não morreram em batalha, governado por Hel, filha de Loki com a gigante Angrboda.

Odin viajou para leste e parou ao chegar ao túmulo.

O Pai de Todos era o mais sábio dos Aesir e, além disso, tinha dado um olho em troca de mais sabedoria.

Ele parou junto à sepultura, no fim do mundo, e, bem ali, invocou as runas mais sombrias e clamou poderes antigos, há muito esquecidos. Queimou coisas e disse coisas, fez encantamentos e exigências. Um vento tempestuoso açoitou seu rosto — até que o vento morreu, e uma mulher surgiu diante dele, do outro lado da fogueira, com o rosto envolto em sombras.

— Foi uma jornada difícil, voltar da terra dos mortos — disse a mulher. — Estou enterrada há muito tempo. Chuva e neve caíram sobre mim. Não o conheço, homem que me invocou. Como o chamam?

— Me chamam de Andarilho — respondeu Odin. — Meu pai era Guerreiro. Conte-me notícias de Hel.

A sábia morta o encarou.

— Balder está vindo para nós — revelou ela. — Estamos fermentando hidromel para ele. Haverá desespero no mundo dos vivos, mas, no mundo dos mortos, haverá apenas alegria.

Odin perguntou quem mataria Balder, e a resposta o deixou chocado. Perguntou, então, quem vingaria a morte de Balder, e a resposta o deixou intrigado. Perguntou quem choraria por Balder, e a sábia o encarou, do outro lado do próprio túmulo, como se o visse pela primeira vez.

— Você não é Andarilho. — Seus olhos mortos piscaram, sua expressão mudou. — Você é Odin, que sacrificou a si mesmo, muito tempo atrás.

— E você não é nenhuma sábia. Você é aquela que, em vida, foi Angrboda, amante de Loki, mãe de Hel, de Jörmungund, a serpente de Midgard, e do lobo Fenrir — retrucou Odin.

A gigante morta sorriu.

— Vá para casa, pequeno Odin. Fuja, fuja de volta para seu salão. Ninguém virá me ver até que meu amado, Loki, escape de seus grilhões e retorne para mim, até chegar o Ragnarök, o fim dos deuses, que destruirá a todos.

Então havia apenas sombras naquele lugar.

Odin partiu com o coração pesado e muito em que pensar. Nem os deuses podem mudar o destino, e se ele quisesse salvar Balder teria que fazê-lo com astúcia — e precisaria de ajuda.

Outra coisa que a gigante morta dissera o perturbara.

Por que ela falou sobre Loki escapar de seus grilhões?, perguntou-se Odin. *Loki não está preso.* Então pensou: *Pelo menos, ainda não.*

II

Odin guardou o que descobriu para si, mas contou a Frigga, sua esposa, mãe dos deuses, que os sonhos de Balder eram verdadeiros, e que havia quem desejasse o mal de seu filho favorito.

Frigga refletiu. Prática como sempre, ela respondeu:

— Não acredito. Não vou acreditar. Não há nada que despreze o sol, o calor e a vida que ele traz à terra, e, portanto, não há nada que odeie meu filho Balder, o Belo.

E saiu para garantir que assim fosse.

Frigga caminhou pela terra, exigindo que todas as coisas que encontrava jurassem nunca fazer mal a Balder, o Belo. Falou com o fogo, que prometeu que não o queimaria; a água jurou nunca afogá-lo; o ferro nem qualquer um dos metais iria cortá-lo. Pedras prometeram jamais machucar sua pele. Frigga falou com árvores, animais e aves e todas as coisas que rastejam, voam e andam sobre quatro patas, e toda criatura prometeu que sua espécie jamais feriria Balder. As árvores concordaram, cada uma falando por sua espécie — carvalho e freixo, pinheiro e faia, bétula e abeto —, que sua madeira jamais seria usada para ferir Balder. Frigga conjurou doenças e conversou com elas, e todas as doenças e enfermidades que podiam ferir ou machucar concordaram em nunca tocar seu filho.

Nada parecia insignificante demais para Frigga, exceto o visco, uma trepadeira que vive em outras árvores. Parecia pequena demais, jovem demais, insignificante demais, e ela o ignorou.

E, quando todos tinham jurado não ferir seu filho, Frigga voltou para Asgard.

— Balder está seguro — contou aos Aesir. — Nada pode feri-lo.

Todos duvidaram, até mesmo Balder. Frigga pegou uma pedra e a atirou na direção do filho. A pedra desviou.

Balder riu, alegre, e foi como se o sol tivesse nascido. Os deuses sorriram. E então, um a um, atiraram suas armas em Balder, e todos ficaram atônitos e impressionados. Espadas não o tocavam, lanças não perfuravam seu corpo.

Todos os deuses ficaram felizes e aliviados. Havia apenas dois rostos em Asgard que não radiavam alegria.

Loki não sorria nem ria. Ele observou enquanto os deuses atacavam Balder com machados e espadas, deixavam cair rochas enormes sobre ele, ou tentavam acertá-lo com grandes porretes nodosos de madeira — e todos riam quando os porretes, espadas, rochas e machados evitavam Balder ou o tocavam com leveza. Loki ficou pensativo e desapareceu nas sombras.

O outro era o irmão de Balder, Hod, que era cego.

— O que está acontecendo? — perguntava o cego. — Alguém, por favor, pode me contar?

Mas ninguém falava com ele. Hod ouvia felicidade e alegria e queria fazer parte daquilo.

— Você deve estar muito orgulhosa de seu filho — comentou uma mulher simpática para Frigga. A deusa não a reconheceu, mas a mulher abria um enorme sorriso quando olhava para Balder, e Frigga estava realmente orgulhosa do filho. Todos o amavam, afinal. — Mas não vão acabar machucando o coitadinho? Jogando coisas nele desse jeito? Se eu fosse a mãe dele, temeria por meu filho.

— Nada vai machucá-lo — respondeu Frigga. — Nenhuma arma pode ferir Balder. Nenhuma doença. Nenhuma rocha. Nenhuma árvore. Fiz todas as coisas que existem e que podem feri-lo jurarem.

— Isso é ótimo — respondeu a mulher simpática. — Fico feliz. Mas tem certeza de que não esqueceu nada?

— Nada — respondeu Frigga. — Todas as árvores. A única a que não me dei ao trabalho de pedir foi o visco, uma trepadeira que cresce nos carvalhos a oeste de Valhala. Mas é jovem e pequena demais para causar qualquer estrago. Não há como fazer um porrete de visco.

— Ora, ora — comentou a mulher simpática. — Visco, é? Bem, para falar a verdade, eu também não teria me preocupado com isso. É uma erva muito frágil.

A mulher simpática estava começando a lembrar alguém, mas antes que Frigga pudesse pensar em quem, Tyr ergueu uma rocha enorme com a mão esquerda boa, levantou-a bem acima da cabeça e a jogou no peito de Balder. A rocha virou pó antes mesmo de tocar o deus reluzente.

Quando Frigga se virou para voltar à conversa, a mulher simpática já tinha ido embora, e Frigga não pensou mais nela. Pelo menos, por ora.

Loki, em sua própria forma, viajou para oeste de Valhala. Parou perto de um grande carvalho. Aqui e ali pendiam touceiras de folhas de visco e bagas brancas pálidas, parecendo ainda mais insignificantes quando vistas ao lado da grandiosidade do carvalho. Cresciam direto da casca da árvore. Loki examinou as bagas, os caules e as folhas. Pensou em envenenar Balder com as bagas do visco, mas isso seria simples e óbvio demais.

Se fosse fazer mal a Balder, ia ferir o maior número de pessoas possível.

III

O cego Hod estava em um canto, ouvindo do gramado a felicidade e os gritos de alegria e assombro, suspirando. Ele era forte. Mesmo sem a visão, era um dos deuses mais fortes. E, no geral, Balder sempre se assegurava de que o irmão fosse incluído. Dessa vez, até Balder o esquecera.

— Você parece triste — disse uma voz familiar.

Era a voz de Loki.

— É difícil, Loki. Todos estão se divertindo muito. Eu ouço suas risadas. E Balder, meu irmão amado, parece muito feliz. Só gostaria de poder fazer parte da festa.

— Mas essa é a coisa mais fácil de resolver que existe — respondeu Loki. Hod não podia ver a expressão em seu rosto, mas Loki parecia muito prestativo, muito amigável. E todos os deuses sabiam que Loki era esperto. — Estenda a mão.

Hod o fez. Loki pôs alguma coisa em sua palma e fechou os dedos de Hod em torno.

— É um pequeno dardo de madeira que eu fiz. Vou levar você até perto de Balder e apontá-lo na direção certa, aí você arremessará o dardo em seu irmão com toda a força que tiver. Jogue com tudo. E todos os deuses vão rir, e Balder vai saber que até seu irmão cego participou de seu dia de triunfo.

Loki conduziu Hod através da multidão, na direção do burburinho.

— Aqui — disse Loki. — Este é um bom lugar. Agora, quando eu disser, lance o dardo.

— É só um dardo pequeno — comentou Hod, infeliz.

— Queria atirar uma lança ou uma pedra.

— Um dardo pequeno vai servir — respondeu Loki. — A ponta é bem afiada. Pode atirar, como instruí.

Um urro poderoso de celebração fez-se ouvir, seguido de uma risada: Thor usara um porrete de nó de espinheiro coberto de pregos de ferro afiados para golpear o rosto de Balder. O porrete desviou por cima da cabeça do deus reluzente no último instante, e Thor pareceu que estava valsando. Tinha sido muito engraçado.

— Agora! — sussurrou Loki. — Agora, enquanto todos estão rindo.

Hod lançou o dardo de visco, como fora instruído. Esperava ouvir vivas e risos. Ninguém riu, e ninguém deu vivas. O salão foi tomado pelo silêncio. Hod ouviu ofegos de surpresa e um murmúrio baixo.

— Por que ninguém está comemorando? — perguntou o cego. — Eu joguei um dardo. Não era grande nem pesado, mas vocês devem ter visto. Balder, meu irmão, por que você não está rindo?

E então ele ouviu um lamento alto, penetrante e terrível, e reconheceu a voz. Era sua mãe chorando.

— Balder, meu filho. Ah, Balder, ah, meu menino.

Foi assim que Hod soube que seu dardo tinha atingido o alvo.

— Que terrível. Que triste. Você matou seu irmão — explicou Loki.

Mas não parecia triste. Não parecia nem um pouco triste.

IV

Balder jazia morto, ferido por um dardo de visco. Os deuses se reuniram, chorando e rasgando seus trajes. Odin não quis se pronunciar, e disse apenas:

— Não haverá vingança contra Hod. Ainda não. Não agora, nem aqui. Estamos em um local de paz sagrada.

— Quem dentre vocês quer ganhar minhas boas graças indo até Hel? — perguntou Frigga. — Talvez ela deixe Balder retornar para este mundo. Nem Hel pode ser tão cruel a ponto de mantê-lo para si... — Ela pensou por um momento. Hel era, afinal de contas, filha de Loki. — E vamos oferecer um resgate para que ela nos devolva Balder. Algum de vocês está disposto a viajar ao reino de Hel? Pode ser que não voltem.

Os deuses se entreolharam. Então um deles levantou a mão. Era Hermód, chamado de Ágil, criado de Odin, o mais rápido e mais ousado dos jovens deuses.

— Eu vou até Hel — anunciou. — Vou trazer Balder, o Belo, de volta para nós.

Mandaram buscar Sleipnir, o garanhão de Odin, o cavalo de oito patas. Hermód o montou e se preparou para descer cavalgando, sempre mais fundo, até saudar Hel em sua grande muralha, onde apenas os mortos entram.

Enquanto Hermód cavalgava pela escuridão, os deuses preparavam o funeral de Balder. Pegaram seu cadáver e o puseram em seu navio, *Hringborn*. Queriam lançar o navio ao mar e queimá-lo, mas não conseguiam afastá-lo da costa. Todos empurraram e fizeram força, até mesmo Thor, porém o navio permaneceu imóvel na costa. Só Balder fora capaz de lançar aquele navio, e ele estava morto.

Os deuses mandaram chamar Hyrrokkin, uma gigante, que chegou até eles montada em um lobo enorme e portando serpentes. Ela foi até a proa do navio de Balder e empurrou com toda a força. Conseguiu lançar o navio ao mar, mas o empurrão foi tão violento que os troncos de rolagem sobre os quais a embarcação se apoiava pegaram fogo, e a terra tremeu, agitando as ondas do mar.

— Eu devia matá-la — comentou Thor, ainda chateado pelo próprio fracasso em lançar o navio, e agarrou o cabo de Mjölnir, seu martelo. — Ela está sendo desrespeitosa.

— Você não vai fazer nada disso — retrucaram os outros deuses.

— Não estou nada feliz — reclamou Thor. — Vou matar alguém logo, logo, só para aliviar a tensão. Vocês vão ver.

O corpo de Balder foi trazido pela praia de cascalho grosso, carregado por quatro deuses: oito pernas o levaram diante dos reunidos. Odin era o primeiro, à frente da multidão enlutada, com seus corvos empoleirados no ombro, e atrás dele vinham as Valquírias e os Aesir. Havia gigantes do gelo e gigantes das montanhas no funeral de Balder; havia até anões, os artífices astutos de debaixo da terra, pois todas as coisas que existem choraram a morte de Balder.

A esposa de Balder, Nanna, viu o corpo do marido passar. Ela chorou, o coração sucumbiu, e Nanna caiu morta à beira d'água. Os deuses a carregaram para a pira funerária e puseram seu corpo ao lado do de Balder. Por respeito, Odin pôs seu bracelete, Draupnir, na pira; era o objeto milagroso feito para ele pelos anões Brokk e Eitri, que a cada nove dias gotejava oito braceletes de igual pureza e beleza. Em seguida, Odin sussurrou um segredo no ouvido do morto, e ninguém além dele e Balder jamais saberá o que foi sussurrado.

O cavalo de Balder, portando sua armadura, foi conduzido até a pira e sacrificado ali, para poder servir seu mestre no mundo vindouro.

A pira foi acesa. Ela queimou e consumiu o corpo de Balder e o corpo de Nanna, junto com seu cavalo e seus pertences.

O corpo de Balder flamejou como o sol.

Thor parou diante da pira funerária e ergueu Mjölnir bem alto.

— Eu santifico esta pira! — proclamou, lançando olhares mal-encarados para a gigante Hyrrokkin, que ele ainda achava que não estava se comportando de maneira adequadamente respeitosa.

Lit, um dos anões, passou à frente de Thor para conseguir ver melhor a pira, e Thor, irritado, o chutou no meio das chamas, o que o fez se sentir um pouco melhor — e fez com que todos os anões se sentissem bem pior.

— Não estou gostando disso — reclamou Thor, impaciente. — Não estou gostando nada disso. Espero que Hermód, o Ágil, consiga convencer Hel. Quanto antes Balder voltar à vida, melhor para todos nós.

V

Hermód, o Ágil, cavalgou por nove dias e nove noites sem parar. Cavalgou cada vez mais fundo, atravessando a escuridão crescente, que ia de uma leve obscuridade até o crepúsculo e a noite, até uma escuridão sem estrelas, como breu. Tudo o que via era algo dourado brilhando à frente, ao longe.

Foi se aproximando cada vez mais, e a luz foi ficando mais clara. Era ouro, e era o telhado de sapê da ponte sobre o rio Gjaller, pela qual todos os que morrem devem passar.

Ele reduziu a velocidade de Sleipnir até um passo lento enquanto atravessavam a ponte, que se agitava e balançava.

— Qual é o seu nome? — perguntou uma voz feminina. — Quem são seus pais? O que você está fazendo na terra dos mortos?

Hermód não respondeu.

Chegou à outra extremidade da ponte, onde havia uma donzela. Era pálida e muito bonita, e o olhou como se nunca tivesse visto alguém como ele. Seu nome era Modgud, e ela era a guardiã da ponte.

— Ontem, a ponte foi cruzada por homens mortos o suficiente para encher cinco reinos, mas você sozinho a fez balançar mais do que eles, embora houvesse homens e cavalos além da conta. Posso ver o sangue vermelho sob sua pele. Você não é da cor dos mortos, que são cinzentos, verdes, brancos e azuis. Há vida sob sua pele. Quem é você? Por que está viajando para Hel?

— Eu sou Hermód. Sou filho de Odin e estou indo para Hel montando o cavalo de Odin para encontrar Balder. Você o viu?

— Ninguém que o viu jamais poderia esquecê-lo — respondeu a mulher. — Balder, o Belo, atravessou esta ponte há nove dias. Foi para o grande salão de Hel.

— Eu agradeço — disse Hermód. — É para lá que devo ir.

— Basta ir sempre para baixo e para o norte — instruiu a mulher. — Continue descendo, e continue seguindo para o norte. E vai chegar ao portão de Hel.

Hermód seguiu em frente. Cavalgou rumo ao norte, descendo a trilha até ver um enorme muro alto e os portões para Hel, que eram mais altos que a árvore mais alta. Então apeou e apertou a cilha do cavalo. Montou de novo e, segurando firme a sela, encorajou Sleipnir a ir cada vez mais rápido. Até que saltou — um salto como nunca fora nem seria dado por nenhum outro cavalo —, passando por cima dos portões e aterrissando em segurança do outro lado, nos domínios de Hel, onde nenhuma pessoa viva podia entrar.

Hermód seguiu até o grande salão dos mortos, desmontou e entrou andando. Balder, seu irmão, estava sentado à cabeceira da mesa, no lugar de honra. Balder estava pálido, sua pele tinha a cor do mundo em um dia cinza, quando não há sol. Ele estava sentado, bebendo o hidromel e comendo a comida de Hel. Quando viu Hermód, o convidou a se sentar à mesa. Ao lado de Balder estava Nanna, sua esposa, e, ao lado dela, mas não com o melhor dos humores, estava um anão chamado Lit.

No mundo de Hel, o sol nunca nasce, e o dia não pode começar.

Hermód olhou para o outro lado do salão e viu uma mulher de beleza peculiar. O lado direito de seu corpo era rosado, mas o esquerdo era escuro e deteriorado, como o cadáver de alguém enforcado em uma árvore na floresta ou congelado na neve e encontrado apenas uma semana depois. E Hermód soube que aquela era Hel, a filha de Loki que o Pai de Todos nomeara governante das terras dos mortos.

— Eu vim por Balder — anunciou Hermód a Hel. — O próprio Odin me mandou. Todas as coisas estão de luto por ele. Você precisa devolvê-lo.

Hel estava impassível. Um olho verde encarava Hermód, junto com um olho morto e afundado.

— Eu sou Hel — disse a mulher, simplesmente. — Os mortos vêm a mim, e não retornam para as terras dos vivos. Por que eu deveria libertar Balder?

— Todas as coisas choram por ele. Sua morte une a todos em infelicidade, deuses e gigantes do gelo, anões e elfos. Os animais choram por ele, e as árvores também. Até os metais choram. As pedras sonham que o bravo Balder vai retornar às terras que conhecem o sol. Deixe-o partir.

Hel não respondeu. Ela observou Balder com seus olhos descombinados, então soltou um suspiro.

— Ele é o ser mais belo, e acho que talvez seja o melhor ser que já chegou aos meus domínios. Mas se é verdade o que você diz, se todas as coisas choram por Balder, se todas as coisas o amam, então vou devolvê-lo a vocês.

Hermód se jogou a seus pés.

— Que gesto nobre de sua parte. Obrigado! Obrigado, grande rainha!

Hel baixou os olhos para ele.

— Levante-se — mandou. — Não falei que vou devolvê-lo. Essa tarefa é sua, Hermód. Vá e pergunte. Questione todos os deuses e gigantes, todas as pedras e plantas. Pergunte a tudo. Se todas as coisas do mundo chorarem por ele e quiserem seu retorno, devolverei Balder aos Aesir e à luz do dia. Mas se uma só criatura não chorar, ou se falar contra ele, então Balder fica comigo para sempre.

Hermód se levantou. Balder o conduziu para fora do salão e entregou a ele o bracelete de Odin, Draupnir, para devolver ao pai como prova de que Hermód estivera em Hel. Nanna deu a ele um robe de linho para Frigga e um anel de ouro para Fulla, criada de Frigga. Lit apenas fez caretas e gestos rudes.

Hermód montou outra vez em Sleipnir. Dessa vez, os portões de Hel estavam abertos para ele, que saía, refazendo seus passos. Ele atravessou a ponte e, por fim, tornou a ver a luz do dia.

Em Asgard, Hermód devolveu o bracelete Draupnir a Odin, o Pai de Todos, e relatou tudo que acontecera e tudo que vira.

Enquanto Hermód estava no mundo inferior, Odin tivera um filho para substituir Balder. Esse filho, chamado Vali, era filho dele com a deusa Rind. Antes de ter um dia de idade, Vali encontrou e matou Hod. E a morte de Balder foi vingada.

VI

Os Aesir enviaram mensageiros pelo mundo. Os mensageiros dos Aesir cavalgavam como o vento e perguntavam a toda coisa que encontravam se ela chorava por Balder, para que Balder pudesse ser libertado do mundo de Hel. As mulheres choravam, e os homens e as crianças e os animais também. As aves choravam por Balder, assim como a terra, as árvores e as pedras — até os metais que os mensageiros encontraram choravam por Balder, do jeito que uma espada de ferro frio chora quando é tirada do frio congelante e levada para a luz do sol e para o calor.

A MORTE DE BALDER

Todas as coisas choravam por Balder.

Os mensageiros estavam retornando da missão triunfantes e extremamente felizes. Balder logo estaria de volta em Asgard.

Eles descansaram em uma montanha, em uma saliência ao lado de uma caverna, e comeram sua comida, beberam seu hidromel, contaram piadas e riram.

— Quem está aí? — chamou uma voz do interior da caverna, de onde saiu uma velha gigante. Havia algo vagamente familiar nela, mas nenhum dos mensageiros sabia dizer ao certo o quê. — Eu sou Thokk — disse ela, cujo nome significa "gratidão". — Por que vocês vieram aqui?

— Perguntamos a todas as coisas que existem se elas choravam por Balder, que está morto. O belo Balder, morto por seu irmão cego. Pois cada um de nós sente a falta de Balder como sentiria falta do sol no céu se ele nunca mais brilhasse outra vez. E todos choramos por ele.

A gigante coçou o nariz, pigarreou e cuspiu na pedra.

— A velha Thokk não vai chorar por Balder — declarou, sem rodeios. — Vivo ou morto, o filho de Odin nunca me trouxe mais que tristeza e aborrecimento. Fico feliz que ele esteja morto. Um bom destino para esse traste. Que Hel fique com ele.

Então andou lentamente de volta para a escuridão da caverna e sumiu de vista.

Os mensageiros voltaram a Asgard e contaram aos deuses o que tinham visto, e que haviam falhado em sua missão, pois uma criatura não chorara por Balder e não queria que ele retornasse: uma velha gigante em uma caverna nas montanhas.

A essa altura, já tinham percebido com quem a velha Thokk se parecia: ela se movia e falava de forma muito parecida com Loki, filho de Laufey.

— Suponho que fosse mesmo Loki disfarçado — comentou Thor. — Claro que era ele. É sempre Loki.

Thor pesou seu martelo, Mjölnir, e reuniu um grupo de deuses para procurar por Loki em busca de vingança, mas o encrenqueiro ardiloso não estava à vista. Ele estava escondido, bem longe de Asgard, muito satisfeito com a própria esperteza, esperando a perturbação passar.

OS ÚLTIMOS DIAS DE LOKI

I

Balder estava morto, e os deuses ainda choravam sua perda. Estavam tristes, e chuva cinzenta caía sem parar, e não havia alegria na terra.

Loki, quando retornou de uma de suas viagens a lugares distantes, não estava arrependido.

Era época do festival de outono no salão de Aegir, onde os deuses e elfos estavam reunidos para beber a cerveja recém-fermentada do gigante do mar, feita no caldeirão que Thor trouxera da terra dos gigantes, muito tempo antes.

Loki estava lá. Ele bebeu a cerveja de Aegir além da conta, bebeu além da alegria, do riso e das trapaças, e entrou em uma reflexão sombria. Quando ouviu os deuses elogiarem o criado de Aegir, Fimafeng, pela agilidade e diligência, saltou da mesa, apunhalou Fimafeng e o matou na hora.

Os deuses, horrorizados, levaram Loki do salão para a escuridão lá fora.

O tempo passou. O banquete continuou, embora mais contido.

Houve uma comoção na porta, e, quando os deuses e as deusas se viraram para descobrir o que estava acontecendo, viram que Loki tinha voltado. Ele estava parado na entrada do salão, olhando fixamente para todos com um sorriso sardônico.

— Você não é bem-vindo aqui — disseram os deuses.

Loki os ignorou. Ele foi até onde Odin estava sentado.

— Pai de Todos. Eu e você misturamos nosso sangue há muito, muito tempo, não foi?

Odin assentiu.

— É verdade.

Loki abriu um sorriso ainda maior.

— Você não jurou na época, ó, grande Odin, que só beberia a uma mesa de banquete se Loki, seu irmão de juramento, bebesse com você?

O olho cinza de Odin encarou os olhos verdes de Loki, e foi Odin quem desviou o olhar.

— Que o pai do lobo festeje conosco — anunciou Odin, contra sua vontade, e fez seu filho Vidar se afastar e abrir espaço para que Loki se sentasse ao lado dele na mesa.

Loki sorriu com malícia e prazer. Pediu mais da cerveja de Aegir e bebeu depressa.

Naquela noite, o deus da trapaça insultou todos os deuses, um a um. Disse aos deuses que eram covardes, disse às deusas que eram ingênuas e lascivas. Cada insulto vinha entrelaçado de verdade suficiente para remoer a ferida. Ele os chamou de tolos, lembrou-os de coisas que eles achavam estar esquecidas havia tempo. Escarneceu e zombou, retomou escândalos antigos, e não parava de deixar todos infelizes, até que Thor chegou.

Ele terminou a conversa de maneira bem simples: ameaçou usar Mjölnir para calar a boca maligna de Loki para sempre e mandá-lo a Hel, direto para o salão dos mortos.

Loki, então, deixou o banquete. Mas, antes de sair, cambaleante, virou-se para Aegir:

— Você faz uma boa cerveja — disse ao gigante do mar. — Só que nunca mais haverá outro festival de outono aqui. Chamas consumirão este salão, e o fogo queimará sua pele, arrancando-a da carne. Tudo que você possui lhe será tirado. Isso eu juro.

E saiu andando, deixando os deuses de Asgard, embrenhando-se na escuridão.

II

Na manhã seguinte, Loki estava sóbrio. Ele pensou no que fizera na noite anterior. Não sentiu vergonha, pois a vergonha não fazia parte de seus modos, mas sabia que tinha ido longe demais.

Loki tinha uma casa em uma montanha perto do mar, então decidiu esperar ali até que os deuses tivessem esquecido aquela história. A casa ficava no cume da montanha e tinha quatro portas, uma de cada lado, permitindo que ele visse o perigo se aproximando de qualquer direção.

Durante o dia, Loki se transformava em salmão e se escondia no poço abaixo da cascata de Franang, uma queda d'água alta que despencava pela encosta da montanha. Um riacho conectava o poço a um pequeno rio, e o rio desembocava no mar.

Loki gostava de ter planos e de ter planos reserva. Na forma de salmão, sabia que estava razoavelmente seguro. Os deuses não conseguiam pegar salmões enquanto eles nadavam.

Mas Loki começou a desconfiar de si mesmo e se perguntou: *Poderia haver um modo de pegar um peixe nas águas profundas do poço, sob a cachoeira?*

Como ele, o ser mais astuto de todos, o criador de planos mais perspicaz, pegaria um salmão?

Loki pegou um novelo de fio de urtiga e começou a tecê-la e dar nós para fazer uma rede de pesca, a primeira já criada. *Sim*, pensou. *Se eu usasse esta rede, poderia pegar um salmão.*

Agora vou elaborar outro plano, pensou. *O que fazer se os deuses tecerem uma rede como esta?*

Ele examinou a rede e pensou: *Salmões podem saltar. Podem nadar rio acima e subir cachoeiras. Eu poderia saltar por cima da rede.*

Alguma coisa chamou sua atenção. Ele espiou para fora pela primeira porta, depois por outra. Levou um susto: os deuses subiam a encosta da montanha e estavam quase chegando a sua casa.

Loki lançou a rede no fogo e a viu queimar com satisfação. Então entrou na cascata de Franang. Na forma de um salmão prateado, Loki foi levado pela cachoeira e desapareceu nas profundezas do poço fundo na base da montanha.

Os Aesir chegaram à casa. Esperaram junto de cada porta, para impedir a fuga de Loki, caso ele ainda estivesse ali dentro.

Kvásir, o mais sábio dos deuses, entrou pela primeira porta. Já estivera morto, e hidromel fora feito de seu sangue, mas agora estava vivo outra vez. Soube, pelo fogo aceso e pela taça de vinho pela metade ao lado da lareira, que Loki estivera ali momentos antes da chegada dos deuses.

Porém, não havia pista de seu possível paradeiro. Kvásir examinou o céu. Então baixou os olhos para o chão e a lareira.

— Ele foi embora, aquela doninha ardilosa — reclamou Thor, entrando por outra das quatro portas. — Pode ter se transformado em qualquer coisa. Nunca vamos encontrá-lo.

— Não seja precipitado — retrucou Kvásir. — Veja.

— São apenas cinzas — disse Thor.

— Mas note o padrão que formam — insistiu Kvásir.

Ele se abaixou, tocou as cinzas no chão ao lado do fogo, cheirou-as e as levou à boca.

— São as cinzas de uma corda que foi jogada no fogo e queimada. E a corda foi feita com aquele novelo de urtiga ali no canto.

Thor revirou os olhos.

— Duvido muito que as cinzas de uma corda queimada vão nos dizer o paradeiro de Loki.

— Será? Mas veja o padrão, losangos entrelaçados. E os quadrados são perfeitamente regulares.

— Kvásir, você está desperdiçando nosso tempo admirando as formas das cinzas. Isso é tolice. Cada momento que passamos olhando as cinzas é um momento a mais para Loki escapar.

— Talvez você tenha razão, Thor. Mas para fazer quadrados tão regulares na corda seria preciso algo para espaçá-los, como aquele pedaço de madeira no chão a seus pés. E seria preciso amarrar uma extremidade da corda a alguma coisa para tecê-la, como aquela vara que se projeta do chão, bem ali. Aí seria necessário dar nós, torcer e amarrar a corda, de modo que um só pedaço de fio formaria uma... Hum... Eu me pergunto qual nome Loki deu a esta invenção. Vou chamá-la de *rede*.

— Por que você continua falando essas besteiras? — indagou Thor. — Por que está observando cinzas, galhos e restos de madeira quando poderia estar perseguindo Loki? Kvásir! Enquanto você pensa e fala bobagem, ele está escapando!

— Acho que o melhor uso de uma rede como esta seria para pegar peixes — afirmou Kvásir.

— Não aguento mais você e suas tolices — reclamou Thor, com um suspiro. — Então essa coisa é usada para pegar peixes? Ora, bom para você. Loki devia estar com fome, então deve ter tentado pescar para comer. Loki inventa coisas. É o que ele faz. Ele sempre foi inteligente. Por isso o mantínhamos por perto.

— Você tem razão. Mas pergunte a si mesmo por quê, se fosse Loki, você inventaria algo para pegar peixes e depois jogaria sua criação no fogo quando descobrisse que estávamos chegando.

— Porque... — começou Thor, franzindo a testa e refletindo. Fazia um esforço tão grande que dava para ouvir um trovão distante acima das montanhas. — É...

— Exatamente. Porque você não ia querer que a encontrássemos. E a única razão para não querer isso é para impedir que nós, os deuses de Asgard, fizéssemos uso desta rede para aprisionar você.

Thor assentiu, hesitante.

— Entendo. — Então, depois de um tempo, disse: — É, acho que é isso mesmo. — E, um pouco depois: — Então Loki...

— ... está escondido na forma de um peixe no poço de águas profundas ao pé da cachoeira. Sim, exatamente! Eu sabia que você ia chegar lá, Thor.

Thor balançou a cabeça, animado, sem muita certeza de como chegara àquela conclusão vendo cinzas no chão, mas feliz por saber onde Loki estava escondido.

— Vou descer até o poço com meu martelo. E vou... Eu vou...

— Vamos precisar ir até lá com uma rede — interveio Kvásir, o deus sábio.

Kvásir pegou o que restava do fio de urtiga e o pedaço de madeira. Amarrou a extremidade do cordame à vara e começou a enrolar o fio em torno dela, tecendo-o de um lado para o outro e por dentro. Mostrou aos demais deuses o que estava fazendo, e logo todos estavam tecendo e dando nós. Uniu as redes que fizeram umas às outras, até terem uma rede tão grande quanto o poço, então tomaram o caminho até a beira da cascata na base da montanha.

Havia um córrego que saía do poço na parte onde ele transbordava. Esse córrego descia em direção ao mar.

Quando chegaram à base da cascata de Franang, os deuses desenrolaram a rede que tinham feito. Era enorme e pesada, comprida o suficiente para ir de um lado a outro do poço. Foi preciso todos os guerreiros Aesir para segurar uma de suas extremidades, e Thor segurou a outra.

Os deuses começaram passando a rede de um lado do poço, logo embaixo da queda d'água, então foram avançando aos poucos até o outro lado. Não pegaram nada.

— Com certeza tem alguma coisa vivendo aí embaixo — disse Thor. — Eu senti quando a criatura fez força contra a rede. Mas ele nadou mais para o fundo, para dentro da lama, e a rede passou.

Kvásir coçou o queixo, pensativo.

— Sem problema. Precisamos fazer de novo, mas dessa vez vamos botar pesos no fundo da rede, para que nada possa passar por baixo dela.

Os deuses juntaram pedras pesadas com furos e amarraram cada uma à base da rede, como um peso, e entraram no poço outra vez.

Loki ficara satisfeito consigo mesmo na primeira vez que os deuses entraram em seu poço. Simplesmente nadara para baixo, para o fundo lamacento, e se enfiara entre duas pedras chatas para esperar enquanto a rede passava acima dele.

Mas estava preocupado. No escuro e no frio, pensou no que acontecera.

Não podia se transformar em mais nada até sair da água, e, mesmo que o fizesse, os deuses iriam atrás dele. Não: era mais seguro permanecer na forma de salmão. Mas, como salmão, estava cercado. Teria que fazer o que os deuses não estavam esperando. Os deuses esperariam que ele seguisse para o mar aberto, onde estaria em segurança, mesmo que fosse fácil capturá-lo no rio que levava do poço à baía.

Os deuses não esperariam que ele nadasse de volta por onde viera. Queda d'água acima.

Os deuses puxaram a rede pelo fundo do poço.

Estavam atentos ao que acontecia nas profundezas, então foram tomados de surpresa quando um peixe maior que qualquer salmão que já tinham visto saltou por cima da rede com um movimento da cauda e começou a nadar rio acima. O salmão enorme subiu a cachoeira a nado, saltando e desafiando a gravidade como se tivesse sido jogado para o alto.

Kvásir gritou com os Aesir, ordenando que formassem dois grupos, um em cada extremidade da rede.

— Ele não vai ficar muito tempo na cachoeira. Fica exposto demais. Sua única chance é chegar ao mar. Então os dois grupos vão continuar arrastando a rede — instruiu Kvásir, o mais sábio dos deuses. — Enquanto isso, Thor, você vai caminhar pelo meio da água, e, quando Loki tentar outra vez aquele truque de saltar por cima da rede, você o agarra no ar como um urso pegando um salmão. Mas não o deixe escapar. Ele é traiçoeiro.

— Já vi ursos pegarem salmões pulando no ar — disse Thor. — Sou tão forte e tão rápido quanto qualquer urso. Vou conseguir.

Os deuses começaram a arrastar a rede rio acima, na direção do local onde o enorme salmão prateado aguardava pacientemente.

Loki tramava e planejava.

Conforme a rede se aproximava, ele soube que chegara o momento crítico. Tinha que saltar por cima dela como fizera antes, e dessa vez ia correr na direção do mar. Ficou tenso como uma mola prestes a se soltar, então se lançou no ar.

Thor foi rápido. Viu o salmão prateado brilhar ao sol e o agarrou com as mãos enormes, como um urso faminto. Salmões são peixes escorregadios, e Loki era o mais escorregadio dos salmões. Ele se debateu e tentou escapar através dos dedos de Thor, mas o deus apenas apertou com mais força e o segurou bem firme pelo rabo.

Dizem que, desde então, os salmões ficaram com corpos mais estreitos perto da cauda.

Os deuses trouxeram a rede e a envolveram bem em torno do peixe e o carregaram. O salmão começou a se afogar no ar, ávido por água, e então se debateu e se contorceu. Não demorou para eles estarem carregando um Loki ofegante.

— O que vocês estão fazendo? — perguntou ele. — Para onde estão me levando?

Thor simplesmente balançou a cabeça e grunhiu, mas não respondeu. Loki perguntou aos outros deuses, mas nenhum deles lhe disse o que estava acontecendo, e nenhum o olhava nos olhos.

III

Os deuses entraram em uma caverna e, com Loki amarrado entre eles, desceram para as profundezas da terra. Estalactites pendiam do teto, e morcegos agitavam as asas e voavam. Eles desceram mais. Logo o caminho ficou estreito para carregar Loki, então o deixaram caminhar entre eles. Thor ia imediatamente atrás, com a mão no ombro do traidor.

Desceram por muito tempo.

Nas profundezas da caverna havia ferretes no fogo, e três pessoas esperavam por eles. Loki os reconheceu antes mesmo de ver seus rostos, e ficou arrasado.

— Não — pediu. — Não os machuque. Eles não fizeram nada de errado.

— Eles são seus filhos e sua esposa, Loki, forjador de mentiras — explicou Thor.

Havia três grandes pedras chatas naquela caverna. Os Aesir puseram as pedras de lado, e Thor pegou o martelo. Ele abriu um buraco no meio de cada pedra.

— Por favor, soltem nosso pai! — pediu Narvi, o filho mais velho de Loki e Sigyn.

— Ele é nosso pai — interveio Vali, o filho mais novo.

— Vocês juraram que não iam matá-lo. Ele é irmão por jura de sangue de Odin, o mais alto dos deuses.

— Nós não vamos matá-lo — disse Kvásir. — Diga-me, Vali, qual a pior coisa que um irmão pode fazer com outro?

— Trair — respondeu Vali, sem hesitar. — Matar seu irmão, como Hod matou Balder. Isso é abominável.

— É verdade que Loki é irmão por jura de sangue dos deuses, e não podemos matá-lo — concordou Kvásir. — Mas não somos ligados a vocês, seus filhos, por nenhum juramento.

Kvásir disse aquelas palavras para Vali. Palavras de mudança, palavras de poder.

Vali perdeu a forma humana, dando lugar a um lobo com espuma manchando o focinho. A inteligência de Vali desaparecia de seus olhos amarelos, sendo substituída por fome, por raiva, por loucura. Ele olhou para os deuses, para Sigyn, que fora sua mãe, e então viu Narvi. Soltou um rosnado baixo e prolongado do fundo da garganta, e os pelos de seu pescoço se eriçaram.

Narvi deu um passo atrás, apenas um passo, e o lobo se lançou sobre ele.

Narvi era corajoso. Ele não gritou, nem mesmo quando o lobo que fora seu irmão o despedaçou, rasgando e abrindo sua garganta e espalhando suas entranhas pelo chão de pedra. O lobo que tinha sido Vali uivou uma vez, um uivo alto e longo saindo de suas mandíbulas encharcadas de sangue. Em seguida saltou por cima da cabeça dos deuses e saiu correndo para a escuridão da caverna. Ele jamais tornaria a ser visto em Asgard, não até o fim de tudo.

Os deuses forçaram Loki a subir nas três pedras enormes. Puseram uma delas sob seus ombros, uma por baixo da cintura e a outra entre os joelhos. Pegaram as tripas esparramadas de Narvi e as enfiaram pelos buracos que tinham feito nas pedras, amarrando bem o pescoço e os ombros de Loki. Envolveram as entranhas de seu filho em torno de sua cintura e seus quadris, amarraram os joelhos e pernas tão firme que ele mal conseguia se mexer. Os deuses transformaram os intestinos do filho assassinado de Loki em correntes tão apertadas e tão fortes que podiam ser feitas de ferro.

Sigyn, esposa de Loki, assistiu ao marido ser amarrado com as entranhas de seu filho e nada disse. Ela chorava em silêncio pela dor do marido, pela morte e desonra dos filhos. Segurava uma tigela, embora ainda não soubesse por quê. Quando os deuses a levaram até ali, disseram a ela para ir à cozinha buscar a maior tigela que encontrasse.

Skadi, filha do falecido gigante Thiazi, esposa de Njord, dos belos pés, entrou na caverna. Ela carregava algo enorme nas mãos, algo que se remexia e contorcia. Ela se debruçou sobre Loki e pôs a criatura acima dele, envolvendo-a nas estalactites que pendiam do teto da caverna, de modo que a cabeça ficou logo acima da do deus da trapaça.

Era uma cobra de olhos frios. A língua movimentava-se com rapidez, as presas gotejavam veneno. A cobra sibilava, e uma gota de veneno pingou de sua boca no rosto de Loki, queimando seus olhos.

Ele gritou, retorcendo-se e debatendo-se de dor. Tentou sair do caminho, tirar a cabeça de baixo do veneno. Mas os grilhões que antes eram as tripas de seu próprio filho o prendiam com firmeza.

Um a um, os deuses deixaram o local, os rostos marcados por uma satisfação terrível. Logo, restou apenas Kvásir. Sigyn olhou para o marido amarrado e para o cadáver estripado do filho assassinado pelo lobo.

— O que você vai fazer comigo? — perguntou ela.

— Nada — respondeu o deus sábio. — Você não está sendo punida. Pode fazer o que quiser.

Então, ele deixou a caverna.

Outra gota do veneno da serpente caiu no rosto de Loki, que gritou e se contorceu, forçando os grilhões. A própria terra se moveu quando ele se debateu.

Sigyn pegou a tigela e foi até o marido. Ela não disse nada — o que poderia dizer? —, mas ficou ao lado da cabeça de Loki, com lágrimas nos olhos, usando a tigela para pegar as gotas de veneno que caíam das presas da cobra.

Tudo isso aconteceu muito tempo atrás, em uma era esquecida, nos dias em que os deuses ainda caminhavam pela terra. Tanto tempo que as montanhas daqueles dias se desgastaram, e os lagos mais profundos se transformaram em terra seca.

Sigyn ainda aguarda ao lado da cabeça de Loki, como fez desde o primeiro dia, olhando fixamente para seu rosto belo e retorcido.

A tigela que ela segura se enche devagar, uma gota de cada vez, mas, com o tempo, fica cheia de veneno até a borda. É só então que Sigyn se afasta de Loki. Ela esvazia a tigela, e, enquanto está longe, o veneno da serpente cai no rosto e nos olhos de Loki. Ele tem convulsões, se agita, se move violentamente, se sacode, se torce e se retorce, a ponto de fazer a terra toda tremer.

Quando isso acontece, nós aqui, em Midgard, chamamos de terremoto.

Dizem que Loki ficará ali, amarrado na escuridão sob a terra, com Sigyn a seu lado, segurando a tigela para coletar o veneno acima de seu rosto e sussurrando que o ama, até a chegada do Ragnarök, que trará o fim dos dias.

RAGNARÖK:
O DESTINO FINAL
DOS DEUSES

I

Até este ponto, contei coisas que aconteceram no passado, coisas que ocorreram há muito, muito tempo. Agora vou contar sobre os dias que estão por vir.

Vou contar como isso vai acabar, e como vai recomeçar outra vez, depois. Vou contar sobre dias sombrios e coisas ocultas relacionados ao fim da terra e à morte dos deuses. Preste atenção, e você também saberá.

É assim que descobriremos que o fim dos tempos está próximo. Vai ser distante da era dos deuses, na era dos homens. Vai acontecer quando todos os deuses estiverem adormecidos, todos menos o sempre atento Heimdall. Ele verá o começo de tudo, mas estará impotente para impedir que os eventos se sucedam.

Vai começar com o inverno.

Não será um inverno normal. O inverno vai começar e vai continuar, inverno após inverno. Não haverá primavera, não haverá calor. As pessoas sentirão fome, frio e raiva. Haverá grandes batalhas em todo o mundo.

Irmãos lutarão contra irmãos, pais matarão filhos. Mães e filhas serão postas umas contra as outras. Irmãs entrarão em batalha contra irmãs e verão seus filhos assassinarem uns aos outros.

Essa será uma era de ventos cruéis, uma era de pessoas que agem como lobos, que caçam umas às outras, que não são melhores que animais selvagens. O crepúsculo chegará para o mundo, e os lugares onde os humanos vivem se transformarão em ruínas, queimando com intensidade e, logo em seguida, desmoronando e se desfazendo em cinzas e devastação.

Em seguida, quando as poucas pessoas remanescentes estiverem vivendo como animais, o Sol vai desaparecer do céu, como se devorado por um lobo, e a Lua também será levada de nós, e não será mais possível ver as estrelas. A escuridão encherá o ar como cinzas, como névoa.

Esse será o tempo do inverno terrível e sem fim: o Fimbulwinter.

Haverá neve caindo de todas as direções, ventos terríveis e o frio mais frio que jamais imaginaram que poderia existir, um frio congelante, tão frio que os pulmões vão doer ao respirar, tão frio que as lágrimas vão congelar nos olhos. Não haverá primavera para aliviá-lo, nem verão, nem outono. Apenas inverno, seguido de inverno e mais inverno.

Depois disso, chegará o tempo dos grandes terremotos. As montanhas vão tremer e desmoronar. Árvores vão tombar, e os lugares onde as pessoas ainda viviam serão destruídos.

Os terremotos serão tão poderosos que todos os grilhões, correntes e amarras serão destruídos.

Todos.

Fenrir, o grande lobo, vai se libertar de sua prisão. Sua boca se abrirá, e sua mandíbula superior chegará aos céus, enquanto a inferior tocará a terra. Não há nada que ele não possa devorar, nada que ele não possa destruir. Chamas saem de seus olhos e de suas narinas.

Onde quer que o lobo Fenrir vá, um rastro de fogo e destruição restará em seu caminho.

Também haverá enchentes, pois os mares varrerão a terra. Jörmungund, a serpente de Midgard, enorme e perigosa, vai se contorcer em fúria, cada vez mais próxima da terra. O veneno de suas presas vai ser derramado na água, envenenando toda a vida marinha. A serpente lançará sua peçonha no ar em um borrifo, matando todas as aves marinhas que a respirarem.

Não haverá mais vida nos oceanos em que serpenteia Jörmungund. Os cadáveres putrefatos dos peixes e das baleias, das focas e dos monstros marinhos serão trazidos pelas ondas até a costa.

Todos os que virem os irmãos Fenrir, o lobo, e a serpente de Midgard, filhos de Loki, conhecerão a morte.

Esse é o princípio do fim.

O céu nebuloso se abrirá ao meio com o som de gritos agudos de crianças, e os filhos de Muspell cavalgarão dos céus, liderados por Surt, o gigante do fogo, brandindo sua espada, que queima com tamanho brilho que nenhum mortal poderá encará-la. Eles vão atravessar a ponte arco-íris, atravessar Bifrost, e o arco-íris vai se desfazer a sua passagem, e as cores brilhantes se transformarão em tons de carvão e cinza.

Nunca mais haverá arco-íris.

Penhascos desabarão no mar.

Loki, livre de seus grilhões sob a terra, será o timoneiro do navio chamado *Naglfar*. É o maior navio de todos os tempos, feito com as unhas dos mortos. *Naglfar* flutua por mares inundados. A tripulação olha ao redor e vê apenas coisas mortas, boiando e apodrecendo na superfície.

Loki conduzirá o navio, mas o capitão será Hrym, líder dos gigantes do gelo. Os gigantes do gelo sobreviventes seguirão Hrym, grande e hostil à humanidade. Serão o exército de Hrym na batalha final.

As tropas de Loki são as legiões de Hel. São os mortos perturbados, aqueles que morreram mortes vergonhosas, e que voltarão à terra para lutar outra vez como cadáveres ambulantes, determinados a destruir qualquer coisa que ainda ame e viva sobre a terra.

Todos eles — os gigantes, os mortos e os filhos flamejantes de Muspell — vão viajar até o campo de batalha chamado Vigrid. Vigrid é enorme: tem quase quinhentos quilômetros de largura. O lobo Fenrir também caminhará por aquelas terras, e a serpente de Midgard vai navegar pelos mares inundados até chegar bem perto, então vai se retorcer sobre a areia e forçar o corpo terra adentro — mas só a cabeça e cerca de um ou dois quilômetros do corpo. A maior parte permanecerá no mar.

E todos vão se preparar para a batalha: Surt e os filhos de Muspell estarão lá, em chamas; os guerreiros de Hel e Loki estarão lá, surgindo de debaixo da terra; os gigantes do gelo estarão lá, as tropas de Hrym, congelando a lama onde pararem. Fenrir também estará com eles, assim como a serpente de Midgard. Nesse dia, os piores inimigos que a mente pode imaginar estarão lá.

Heimdall terá visto tudo isso se desenrolar. Ele tudo vê, afinal: é o guardião dos deuses. E é só então que ele age.

Heimdall vai soprar Gjallarhorn, o chifre que antes pertencia a Mímir, e vai soprá-lo com toda a sua força. Asgard tremerá com o barulho, e em seguida os deuses adormecidos despertarão e pegarão suas armas para se reunir sob a Yggdrasill, no poço de Urd, para receber as bênçãos e os conselhos das Nornas.

Odin vai montar no cavalo Sleipnir e ir até o poço de Mímir para pedir conselhos à cabeça de Mímir, tanto para si próprio quanto para os deuses. A cabeça do tio vai sussurrar seu conhecimento do futuro para Odin, assim como estou fazendo para vocês agora.

O que ele diz a Odin dá esperanças ao Pai de Todos, mesmo quando tudo parece sombrio.

O grande freixo, Yggdrasill, a Árvore do Mundo, balançará como uma folha ao vento, e os Aesir, ao lado dos einherjar — todos os guerreiros que morreram mortes honradas em batalha — vão se paramentar para a guerra. E, juntos, cavalgarão para Vigrid, o campo de batalha final.

Odin estará à frente de seu exército, com armadura brilhante e elmo dourado. Thor cavalgará a seu lado, empunhando Mjölnir.

Eles vão chegar ao campo de batalha, e a batalha final terá início.

Odin avançará direto para Fenrir, o lobo, que cresceu a ponto de seu tamanho ultrapassar a imaginação. O Pai de Todos porta sua lança, Gungnir.

Thor verá Odin seguindo na direção do grande lobo, e o deus do trovão abrirá um sorriso e açoitará suas cabras para que corram mais rápido na direção da serpente de Midgard, o martelo em riste na luva de ferro.

Frey atacará Surt, flamejante e monstruoso. A espada de Surt é enorme e queima mesmo quando erra. Frey vai lutar bem e com força, mas será o primeiro deus a perecer: sua espada e sua armadura não são páreo para a espada flamejante de Surt. Frey morrerá arrependido por ter cedido sua espada a Skírnir, tanto tempo antes, por seu amor a Gerda. Aquela espada o teria salvado.

O estrondo das batalhas será furioso. Os einherjar, os nobres guerreiros de Odin, estarão envolvidos na luta acirrada contra os mortos malignos, as tropas de Loki.

Garm, o cão do inferno, rosnará. Ele é menor que Fenrir, mas ainda assim é o mais poderoso e perigoso de todos os cães. Também escapou de suas correntes nas profundezas e voltou para rasgar a garganta dos guerreiros na terra.

Tyr vai detê-lo, Tyr, o Maneta. E eles vão lutar, homem contra cão dos pesadelos. Tyr lutará com bravura, mas a batalha acarretará a morte de ambos. Garm vai morrer com os dentes enterrados na garganta de Tyr.

Thor matará a serpente de Midgard, como queria fazer havia muito. O deus do trovão esmagará o cérebro da serpente com o martelo. Ele vai saltar para trás quando o corpo da serpente cair no campo de batalha.

Thor vai estar a quase três metros de distância quando a cabeça da cobra desabar no chão, mas não será longe o bastante. Mesmo ao morrer, a serpente abrirá as bolsas de veneno sobre o deus do trovão, em um borrifo negro e denso.

Thor grunhirá de dor e cairá ao chão, sem vida, envenenado pela criatura que matou.

Odin lutará corajosamente contra Fenrir, mas o lobo é mais vasto e perigoso do que qualquer coisa poderia ser. É maior que o Sol, maior que a Lua. Odin vai atacar sua boca com a lança, mas basta Fenrir fechar as mandíbulas para a lança desaparecer. Outra mordida, seguida de um triturar e um engolir, e Odin, o Pai de Todos, o maior e mais sábio dos deuses, também se irá, para nunca mais ser visto.

O filho de Odin, Vidar, o deus silencioso, o deus confiável, verá o pai perecer. Ele vai avançar enquanto Fenrir tripudia em triunfo pela morte de Odin, então enfiará o pé na mandíbula do lobo.

Os dois pés de Vidar são diferentes. Um tem um sapato normal, o outro calça um sapato construído desde a aurora do tempo. É feito de todos os pedaços de couro que as pessoas cortam e descartam da parte que cobre os dedos e os calcanhares, quando fazem sapatos para si.

(Se quiser ajudar os Aesir na batalha final, basta jogar fora seus restos de couro. Todos os restos e aparas de sapatos descartados farão parte do sapato de Vidar.)

Esse sapato prenderá no chão a mandíbula do grande lobo, de modo que ela não possa se mover. Então, Vidar estenderá uma das mãos, segurando a mandíbula superior da besta, e rasgará sua boca ao meio. E assim Fenrir vai morrer, e Vidar terá vingado o pai.

No campo de batalha chamado Vigrid, os deuses vão batalhar contra os gigantes do gelo. As tropas de mortos-

-vivos de Hel cobrirão o chão em sua morte derradeira, e os nobres einherjar estarão a seu lado, no solo congelado, todos mortos pela última vez sob o céu nublado e sem vida, para nunca mais se levantarem, nunca mais despertarem para lutar.

Das legiões de Loki, apenas Loki continuará de pé, ensanguentado e de olhos arregalados, com um sorriso satisfeito nos lábios marcados por cicatrizes.

Heimdall, o guardião da ponte e dos deuses, também não terá tombado. Estará de pé no campo de batalha com sua espada, Höfud, ensanguentada.

Os dois vão se encontrar no centro de Vigrid, desviando de cadáveres, chapinhando no sangue e atravessando as chamas até ficarem cara a cara.

— Ah — dirá Loki. — O relapso guardião dos deuses. Você despertou os Aesir tarde demais, Heimdall. Não foi uma delícia vê-los morrer, um a um?

Loki vai examinar o rosto de Heimdall em busca de alguma fraqueza, alguma emoção, mas o guardião permanecerá impassível.

— Não tem nada a dizer, Heimdall das nove mães? Quando eu estava acorrentado sob a terra, com o veneno da serpente gotejando em meu rosto, com a pobre Sigyn ajoelhada a meu lado tentando pegar todo o veneno que pudesse em sua tigela, preso na escuridão pelos intestinos de meu filho, só não sucumbi à loucura por pensar neste momento, ensaiá-lo em minha mente, imaginando os dias em que meus belos filhos e eu encerraríamos o tempo dos deuses e destruiríamos o mundo.

Heimdall ainda assim não dirá nada, mas vai atacar, e atacará com tudo o que tem. Sua espada atingirá a armadura de Loki com um estrondo, e Loki vai defender e atacar com ferocidade, inteligência e exaltação.

Enquanto lutam, os dois vão se lembrar de uma vez em que batalharam, muito tempo antes, quando o mundo era mais simples. Tinham lutado em outra forma, transformados em focas, competindo para obter o colar Brisingamen, que Loki roubara de Freya a pedido de Odin, mas que Heimdall recuperara.

Loki nunca se esquece de uma injúria.

Os dois vão lutar, cortar, ferir e atacar um ao outro.

Vão lutar e vão tombar, caindo um ao lado do outro, os dois mortalmente feridos.

— Está feito — murmurará Loki, à beira da morte no campo de batalha. — Eu venci.

Mas então Heimdall vai sorrir em meio à agonia, com seus dentes dourados pontilhados de saliva e sangue.

— Posso ver mais longe que você — dirá Heimdall. — O filho de Odin, Vidar, matou seu filho, o lobo Fenrir, e Vidar sobrevive, assim como Vali, seu irmão. Thor morreu, mas seus filhos, Magni e Módi, ainda vivem. Eles tiraram Mjölnir da mão fria do pai. São fortes o bastante e nobres o bastante para brandi-lo.

— Nada disso importa. O mundo está em chamas — responderá Loki. — Os mortais estão mortos. Midgard está destruída. Eu venci.

— Posso ver mais longe que você, Loki. Posso ver tudo, daqui até a Árvore do Mundo — contará Heimdall, em seu último suspiro. — O fogo de Surt não pode alcançar a Árvore do Mundo, e dois mortais se esconderam em segurança no interior do tronco da Yggdrasill. A mulher se chama Vida, e o homem se chama Desejo de Viver. Seus descendentes vão povoar a terra. Não é o fim. Não há fim. É simplesmente o fim dos velhos tempos, Loki, e o começo de novos. O renascimento sempre se segue à morte. Você falhou.

Loki diria algo, algo mordaz, inteligente e ofensivo, mas sua vida terá terminado, junto com todo o seu brilhantismo e toda a sua crueldade, e ele nunca mais dirá nem uma palavra. Permanecerá imóvel e frio, deitado ao lado de Heimdall no campo de batalha congelado.

E Surt, o gigante em chamas, presente desde antes do início de todas as coisas, olhará para a vasta planície de morte e erguerá a espada brilhante para os céus. Haverá um som como o de mil florestas ardendo em chamas, e o próprio ar começará a queimar.

O mundo será cremado nas chamas de Surt. Os oceanos inundados vão evaporar. Os últimos incêndios vão queimar e tremeluzir, e então se apagar. Cinzas negras cairão do céu como neve.

No crepúsculo, no local onde os corpos de Loki e Heimdall jazerão lado a lado, nada pode ser visto além de dois montes de cinzas sobre a terra enegrecida e fumaça se misturando com a névoa da manhã. Nada restará dos exércitos dos mortos nem dos vivos, dos sonhos dos deuses e da bravura de seus guerreiros, nada além de cinzas.

Logo depois, o oceano inundado engolirá as cinzas, lavando toda a terra, e tudo o que é vivo será esquecido sob o céu sem sol.

É assim que os nove mundos terminam, em fogo, cinzas e enchentes, em escuridão e gelo. Esse é o destino final dos deuses.

II

Este é o fim. Mas também há o que virá depois do fim.

Das águas cinzentas do oceano, a terra verde tornará a se erguer.

O Sol terá sido devorado, mas a filha da estrela brilhará no lugar da mãe, e o novo Sol vai brilhar ainda mais forte que o anterior, com luz jovem e nova.

A mulher e o homem, Vida e Desejo de Viver, sairão de dentro do freixo que mantém os mundos unidos. Eles vão se alimentar do orvalho sobre a terra verde e vão fazer amor, e de seu amor brotará a humanidade.

Asgard terá desaparecido, mas Idavoll se erguerá onde antes ficava Asgard, esplêndida e constante.

Os filhos de Odin, Vidar e Vali, estarão lá. Em seguida virão os filhos de Thor, Módi e Magni. Eles trarão Mjölnir com eles, porque, com a morte de Thor, é preciso dois para carregar o martelo. Balder e Hod voltarão do mundo inferior, e os seis se sentarão à luz do novo Sol e conversarão entre si, recordando mistérios e discutindo o que poderia ter sido feito diferente, se perguntando se aquele resultado era inevitável.

Vão falar de Fenrir, o lobo que devorou o mundo, e da serpente de Midgard, e vão se lembrar de Loki, que era um dos deuses mesmo não sendo um deles, que salvou os deuses e os destruiu.

— Olhem. Ali, o que é aquilo? — dirá Balder então.

— O quê? — perguntará Magni.

— Ali. Brilhando no capim alto. Estão vendo? E ali. Vejam, tem outro.

E eles vão se ajoelhar no capim alto, deuses parecendo crianças.

Magni, filho de Thor, será o primeiro a encontrar um dos objetos no capim alto, e, quando o encontrar, saberá o que é. É uma peça de xadrez de ouro, do tipo que os deuses usavam para jogar quando ainda eram vivos. É uma pequena escultura dourada de Odin, o Pai de Todos, em seu trono alto: o rei.

E vão encontrar mais peças. Ali estará Thor, segurando seu martelo. Ali estará Heimdall, com a trombeta nos lábios. Frigga, esposa de Odin, é a rainha.

Balder erguerá uma das peças de ouro.

— Este parece você — dirá Módi.

— Sou eu — concordará Balder. — Eu muito tempo atrás, antes de morrer, quando era um dos Aesir.

E vão encontrar outras peças na grama, algumas bonitas, outras nem tanto. Ali, meio enterrados na terra negra, estarão Loki e seus filhos monstruosos. Haverá um gigante do gelo. Ali estará Surt, com o rosto em chamas.

Logo descobrirão que têm todas as peças de que precisariam para montar um jogo completo. Eles vão montar uma partida de xadrez: no tabuleiro sobre a mesa, os deuses de Asgard vão encarar seus eternos inimigos. A recém-criada luz do sol refletirá nos homens do xadrez, em uma tarde perfeita.

Balder vai sorrir como o sol nascente, estender a mão e mover a primeira peça.

E o jogo começa outra vez.

GLOSSÁRIO

Aegir: O mais poderoso dos gigantes dos mares. Marido de Ran, pai de nove filhas, que são as ondas do oceano.
Aesir: Raça, clã ou linhagem dos deuses. Vivem em Asgard.
Álfheim: Um dos nove mundos, habitado pelos elfos da luz.
Angrboda: Uma gigante, mãe dos três filhos monstruosos de Loki.
Asgard: Lar dos Aesir. O reino dos deuses.
Ask: O primeiro homem, feito de um freixo.
Audhumla: Vaca primordial cujas lambidas deram forma ao ancestral dos deuses e de cujas tetas corriam rios feitos de leite.
Aurboda: Uma gigante das montanhas, mãe de Gerda.

Balder: Conhecido como "o belo". Segundo filho de Odin, amado por todos, menos por Loki.
Barra, ilha de: Ilha na qual Frey e Gerda se casaram.
Baugi: Um gigante, irmão de Suttung.
Beli: Um gigante. Frey o mata com um chifre de veado.
Bergelmir: Neto de Ymir. Bergelmir e sua esposa foram os únicos gigantes que sobreviveram à enchente.

Bestla: Mãe de Odin, Vili e Ve e esposa de Bor. Filha de um gigante chamado Bolthorn. Irmã de Mímir.
Bifrost: A ponte arco-íris que une Asgard a Midgard.
Bodn: Um dos tonéis feitos para armazenar o hidromel da poesia. O outro é Son.
Bolverkr: Um dos nomes de Odin quando está disfarçado.
Bor: Um deus. Filho de Buri, marido de Bestla. Pai de Odin, Vili e Ve.
Bragi: Deus da poesia.
Breidablink: Lar de Balder, um lugar de alegria, música e conhecimento.
Brisingamen: Um belo colar que pertence a Freya.
Brokk: Anão talentoso capaz de fazer grandes tesouros. Irmão de Eitri.
Buri: Ancestral dos deuses, pai de Bor, avô de Odin.

Draupnir: Bracelete de ouro de Odin que, a cada nove noites, produz oito braceletes de igual beleza e valor.

Egil: Fazendeiro. Pai de Thjálfi e Röskva.
Einherjar: Nobres guerreiros mortos em batalha que festejam e lutam em Valhala.
Eitri: Anão que forja grandes tesouros, incluindo o martelo de Thor. Irmão de Brokk.
Elli: Uma velha que é, na verdade, a velhice.
Embla: A primeira mulher, feita de um olmo.

Fárbauti: Pai de Loki, um gigante.
Fenrir: Um lobo. Filho de Loki e Angrboda.
Fimbulwinter: Inverno sem fim que precede o Ragnarök.

GLOSSÁRIO

Fjalar: Irmão de Galar e assassino de Kvásir.

Fjölnir: Filho de Frey e Gerda e primeiro rei da Suécia.

Franang, cascata de: Cascata alta em que Loki se escondeu sob a forma de um salmão.

Frey: Um deus Vanir que vive com os Aesir. Irmão de Freya.

Freya: Uma deusa Vanir que vive com os Aesir. Irmã de Frey.

Frigga: Esposa de Odin e rainha dos deuses. Mãe de Balder.

Fulla: Uma deusa, criada pessoal de Frigga.

Galar: Um dos elfos negros. Irmão de Fjalar e assassino de Kvásir.

Garm: Cão monstruoso que mata Tyr e é morto por ele no Ragnarök.

Gerda: Uma gigante de beleza estonteante, por quem Frey se apaixona perdidamente.

Gilling: Gigante morto por Fjalar e Galar. Pai de Suttung e Baugi.

Ginnungagap: Grande abismo entre Muspell (o mundo das chamas) e Niflheim (o mundo das brumas) no início da criação.

Gjallarhorn: Chifre de Heimdall, guardado junto ao poço de Mímir.

Gleipnir: Amarra mágica forjada por anões e usada pelos deuses para prender Fenrir.

Grímnir: "O encapuzado." Um dos nomes de Odin.

Gullinbursti: Javali com pelagem dourada criado pelos anões para Frey.

Gungnir: Lança de Odin. Ela nunca erra o alvo, e juramentos feitos sobre Gungnir são inquebráveis.

Gunnlod: Gigante filha de Suttung, incumbida de proteger o hidromel da poesia.

Gymir: Um gigante da terra. Pai de Gerda.

Heidrum: Cabra que dá hidromel em vez de leite. Ela alimenta os mortos em Valhala.

Heimdall: Guardião dos deuses, o que tudo vê.

Hel: Filha de Loki e Angrboda. Ela governa Hel, o reino dos mortos desonrados, que não morreram em batalha.

Hermód, o Ágil: Filho de Odin. Montado em Sleipnir, ele vai até Hel implorar pela liberdade de Balder.

Hlidskjalf: Trono de Odin, do qual ele pode observar os nove mundos.

Hod: Deus cego, irmão de Balder.

Hoenir: Antigo deus que concedeu aos humanos o dom da razão. Um Aesir enviado para o reino dos Vanir para ser seu rei.

Hrym: Líder dos gigantes do gelo no Ragnarök.

Hugin: Um dos corvos de Odin. Seu nome significa "pensamento".

Hugi: Jovem gigante capaz de correr mais rápido que qualquer coisa. Na verdade, é o próprio pensamento.

Hvergelmir: Poço em Niflheim sob a Yggdrasill. A origem de muitos rios e córregos.

Hymir: Um rei dos gigantes.

Hyrrokkin: Gigante mais forte que o deus Thor.

Idavoll: "Planície esplêndida". Lugar onde Asgard foi construída e para onde os deuses sobreviventes vão voltar após o Ragnarök.

GLOSSÁRIO

Iduna: Uma deusa Aesir. É a guardiã das maçãs da imortalidade, que dão aos deuses a juventude eterna.

Ivaldi: Um dos elfos negros. Os filhos de Ivaldi forjaram o navio *Skiðblaðnir* para Frey, a lança Gungnir, para Odin, e um belo cabelo novo e dourado para Sif, esposa de Thor.

Jörd: Mãe de Thor. Uma gigante e também deusa da terra.

Jörmungund: A serpente de Midgard. Um dos filhos de Loki e nêmese de Thor.

Jötunheim: Jötun significa "gigante", e Jötunheim é o mundo dos gigantes.

Kvásir: Criado a partir da saliva dos Aesir e dos Vanir, se tornou o deus da sabedoria. Kvásir foi assassinado por anões, que inventaram o hidromel da poesia a partir de seu sangue. Mais tarde, ele voltou à vida.

Laufey: Mãe de Loki, também chamada de Nál, ou agulha, porque era muito magra.

Lerad: Uma árvore, provavelmente parte da Yggdrasill, que alimenta Heidrum, cabra que dá hidromel aos guerreiros de Valhala.

Lit: Um anão desafortunado.

Loki: Irmão por jura de sangue de Odin, filho de Fárbauti e Laufey. O mais astuto e esperto dos habitantes de Asgard. Pode mudar de forma, e seus lábios têm cicatrizes. Possui sapatos que permitem que ele caminhe no céu.

Magni: Filho de Thor cujo nome significa "o forte".

Megingjord: O cinto de Thor. Usá-lo dobra a força do deus.

Midgard: "Que fica no meio." Nosso mundo. O mundo dos humanos.

Mímir: Tio de Odin e guardião da fonte da sabedoria em Jötunheim. Um gigante, talvez também um dos Aesir. Ele foi decapitado pelos Vanir, mas sua cabeça ainda oferece sabedoria e vigia a fonte.

Mjölnir: O incrível martelo de Thor e objeto mais precioso feito para ele por Eitri. (Brokk trabalhou nos foles).

Modgud: "Combatente furiosa." É a guardiã da ponte que leva à terra dos mortos.

Módi: Filho de Thor cujo nome significa "o raivoso".

Munin: Um dos corvos de Odin. Seu nome significa "memória".

Muspell: O mundo de fogo que existia no início da criação. Um dos nove mundos.

Naglfar: Navio construído com as unhas das mãos e dos pés dos mortos. Os gigantes e os mortos de Hel que vão lutar contra os deuses e os einherjar no Ragnarök viajarão neste navio.

Nál: "Agulha." Outro nome de Laufey, mãe de Loki.

Narvi: Filho de Loki e Sigyn, irmão de Vali.

Nídavellir (Svartalfheim): Onde os anões (também conhecidos como elfos negros) vivem sob as montanhas.

Nidhogg: Um dragão que devora cadáveres e mastiga as raízes da Yggdrasill.

Niflheim: Um lugar frio e enevoado no início de tudo.

Njord: Um deus Vanir, pai de Frey e Freya.

Nornas: As três irmãs — Urd, Verdandi e Skuld — que cuidam do poço de Urd, ou "destino", e regam as raízes da Yggdrasill, a Árvore do Mundo. Junto com outras Nornas, elas decidem o destino de todos os seres.

GLOSSÁRIO

Odin: O mais poderoso e mais velho dos deuses. Ele usa manto e chapéu e tem apenas um olho, pois trocou o outro por sabedoria no poço de Mímir. Ele possui vários nomes, entre eles Pai de Todos, Grímnir, Terceiro e deus da forca.

Odrerir: Caldeira para fermentar o hidromel da poesia. Seu nome significa "a provocadora de êxtases".

Poço de Mímir: Fonte ou poço nas raízes da Árvore do Mundo. Odin ofereceu um olho em troca de um gole de suas águas, tomado no chifre de Heimdall.

Poço de Urd: Poço em Asgard protegido pelas Nornas.

Ran: Esposa de Aegir, o gigante dos mares, deusa dos afogados, mãe das nove ondas.

Rangedor: Tanngnjóstr, que significa "rangedor de dentes" ou "rangedor". Uma das cabras que puxam a carruagem de Thor.

Ratatosk: Esquilo que vive nos galhos da Yggdrasill e leva mensagens de Nidhogg, o devorador de cadáveres que vive nas raízes, até a águia que habita os galhos mais altos da Árvore do Mundo.

Rati: O trado dos deuses.

Röskva: Irmã de Thjálfi, criado de Thor.

Rosnador: Tanngrísnir, que significa "mostrar os dentes" ou "rosnador". Uma das cabras que puxam a carruagem de Thor.

Serpente de Midgard: Jörmungund.

Sif: Esposa de Thor que possuía cabelos dourados.

Sigyn: Esposa de Loki, mãe de Vali e Narvi. Após sua prisão, Sigyn fica ao lado de Loki no subsolo e protege o marido do veneno da serpente com uma tigela.

Skadi: Uma gigante filha do gigante Thiazi. Ela se casa com Njord.

Skiðblaðnir: Navio mágico feito pelos filhos de Ivaldi para Frey. Ele se dobra como um lenço.

Skírnir: Um elfo da luz. Criado de Frey.

Skrymir: "Grandalhão." Um gigante particularmente grande que Loki, Thor e Thjálfi encontram a caminho de Utgard.

Skuld: Uma das Nornas. Seu nome significa "o que está por vir", e seu domínio é o futuro.

Sleipnir: O corcel de Odin. O cavalo mais rápido de todos, com oito patas; filho de Loki e Svadilfari.

Son: Um tonel de hidromel.

Surt: Grande gigante feroz que brande uma espada flamejante. Surt existia antes dos deuses. Guardião de Muspell, mundo do fogo.

Suttung: Gigante filho de Gilling. Ele se vinga dos assassinos de seu pai.

Svadilfari: Cavalo pertencente ao mestre construtor que ergueu as muralhas de Asgard. Pai de Sleipnir.

Thiazi: Gigante que se disfarça de águia para raptar Iduna. Pai de Skadi.

Thokk: Velha cujo nome significa "gratidão", mas é a única criatura viva que não chora a morte de Balder.

Thor: Deus Aesir do trovão, filho de barba ruiva de Odin. O mais forte dos deuses.

GLOSSÁRIO

Thrud: Filha de Thor cujo nome significa "a poderosa".

Thrym: Senhor dos ogros, queria se casar com Freya.

Tyr: Deus da guerra maneta, filho de Odin; enteado de Hymir, o gigante.

Uller: Enteado de Thor. Deus que caça com arco e flecha, o deus dos esquis.

Urd: "Destino." Uma das três Nornas. Urd determina nosso passado.

Utgard: O "terreno externo". Região selvagem de gigantes com um castelo no centro, também chamado de Utgard.

Utgardaloki: Rei dos gigantes de Utgard.

Valhala: Salão de Odin, onde os mortos que morreram bravamente em batalha festejam.

Vali: Há dois deuses chamados Vali. Um deles é o filho de Loki e Sigyn, que se transforma em lobo e mata o irmão, Narvi. O outro é filho de Odin e Rind, concebido para vingar a morte de Balder.

Valquírias: "As que escolhem os mortos." Servas de Odin responsáveis por recolher as almas dos mortos que morrem bravamente em batalha e as levar para Valhala.

Vanaheim: Reino dos Vanir.

Var: Deusa do casamento.

Ve: Irmão de Odin, filho de Bor e Bestla.

Verdandi: Uma das Nornas. Seu nome significa "ser", e ela determina nosso presente.

Vidar: Filho de Odin. Deus silencioso e confiável. Um de seus sapatos é feito de todo resto de couro de todos os sapatos que já foram feitos.

Vigrid: Planície em que a grande batalha do Ragnarök vai se realizar.

Vili: Irmão de Odin, filho de Bor e Bestla.

Yggdrasill: A Árvore do Mundo.

Ymir: O primeiro ser, um gigante maior que mundos, o ancestral de todos os gigantes. Ymir foi alimentado pela primeira vaca, Audhumla.

- intrinseca.com.br
- @intrinseca
- editoraintrinseca
- @intrinseca
- @editoraintrinseca
- editoraintrinseca

2ª edição	SETEMBRO DE 2024
impressão	IPSIS
papel de miolo	LUX CREAM 6G/M²
papel de capa	CARTÃO SUPREMO ALTA ALVURA 250 G/M²
tipografia	COCHIN